바다행

바다행

제1판 제1쇄   2019년 5월 10일

지은이   이진준
펴낸이   이광호
주간   이근혜
편집   박지현 라일락
펴낸곳   ㈜문학과지성사
등록번호 제1993-000098호
주소   04034 서울 마포구 잔다리로7길 18 (서교동 377-20)
전화   02) 338-7224
팩스   02) 323-4180(편집)   02) 338-7221(영업)
전자우편 moonji@moonji.com
홈페이지 www.moonji.com

ISBN 978-89-320-3535-2 43810

이 도서의 국립중앙도서관 출판예정도서목록(CIP)은 서지정보유통지원시스템 홈페이지
(http://seoji.nl.go.kr)와 국가자료공동목록시스템(http://www.nl.go.kr/kolisnet)에서
이용하실 수 있습니다.(CIP제어번호: CIP2019016547)

바다행

이진준 장편소설

문학과지성사

차례

흔들리지 않고 피는 꽃이 어디 있으랴
이 세상 그 어떤 아름다운 꽃들도
다 흔들리면서 피었나니
흔들리면서 줄기를 곧게 세웠나니
흔들리지 않고 가는 사랑이 어디 있으랴

── 도종환, 「흔들리며 피는 꽃」에서

1

"야, 이리 와봐!"

편의점을 막 빠져나오던 아이는 뒤에서 부르는 소리에 놀라 우뚝 걸음을 멈추었다. 식은땀이 등을 훑고 가슴이 서리에 덴 듯 뛰었다. 그대로 달아나고 싶었지만 꼼짝도 할 수 없었다. 그 순간 스파이더맨이 아이의 머릿속에 떠올랐다. 그 생각이 들자마자 아이의 마음은 벌써 벽을 기어오르고 있었다.

"새꺄, 서랬잖아."

달아나려는 순간, 앙칼진 목소리가 다시 들렸다. 그 소리에 아이는 그만 벽에서 툭 떨어졌다. 아이는 얼어붙은 자세로 마지못한 듯이 머리만 돌아섰다.

키가 한 뼘이나 더 커 보이는 여자애가 아이 쪽으로 다가오고 있었다. 그 애 뒤에서는 편의점의 환한 불빛이 눈부시게 비치고 있었다. 한순간 눈이 어지러웠다. 여자애의 온몸이 빛에 감싸여 있었다.

그제야 남자애는 마음이 조금 진정되었다. 아이는 볼멘 표정을 한 채 한 발로 바닥을 긁으며 도발적인 시선으로 여자애를 바라보았다. 발에서 뽀드득 소리가 났다. 여차하면 달아날 기세였다.

"왜?"

남자애가 때늦게 대답했다.

"내놔!"

여자애가 남자애에게 바싹 다가가 말했다. 여자애의 달짝지근한 숨결이 남자애의 얼굴에 확 끼쳤다. 남자애는 한순간 숨이 헉하고 막혔다.

"뭘?"

"이게 어디서 쌩을 까? 다 봤어."

그 말에 남자애가 주춤거리며 잠시 주변을 두리번거렸다. 저녁 시간의 병원 홀에는 사람들이 붐볐다. 어디선가 희미하게 풍기는 포르말린 냄새 사이로 구급차 한 대가 병원으로 달려오는 소리가 들렸다. 그 소리에 여자애가 목을 길게 빼고는 소리 나는 쪽으로 고개를 돌렸다.

그 순간 남자애가 현관문을 향해 달렸다. 그러나 회전문에 막혀 그만 여자애에게 뒷덜미를 잡히고 말았다. 회전문이 빙글빙글 돌면서 사람들이 팝콘처럼 톡톡 튀어나왔다. 그 때문에 두 아이는 그 안으로 좀처럼 발을 들여놓을 수 없었다.

여자애가 간신히 남자애의 팔을 잡고 회전문 안으로 들어갔다. 두 아이는 회전문을 따라 주춤거리며 발걸음을 옮겼다. 발이 자꾸만 엉켰다.

"왜 도망쳐?"

현관문을 나서자마자 여자애가 고개도 돌리지 않은 채 말했다.

"경찰인 줄 알고."

남자애가 당황해서 말했다.

여자애는 남자애를 끌고 병원 모퉁이로 돌아갔다. 남자애는 달아날 생각을 포기한 듯이 순순히 끌려갔다.

한구석에 닿자 여자애가 남자애를 놓으며 손을 내밀었다. 그제야 남자애가 마지못해 주머니에 든 것을 꺼냈다. 투명 비닐봉지에 든 크림빵이었다. 그걸 받아 든 여자애가 잠시 쳐다보더니 봉지를 뜯고는 반으로 뚝 잘라 남자애에게 내밀었다.

"이건 니 몫이다."

그 말에 남자애는 불만에 가득 찬 표정으로 그걸 받았다.

"떫어?"

여자애가 사납게 남자애를 쳐다보았다.

"반만 주는 건 너무하잖아."

"뭐? 도둑놈 주제에."

그 말을 하며 여자애가 주먹으로 때릴 듯이 손을 들어 올렸다. 그걸 본 남자애는 더 이상 아무 말도 못 했다.

"여긴 내 구역이야. 또 한 번만 얼쩡거리다가 잡히면 죽을 줄 알아."

여자애가 빵을 입안에 털어 넣으며 말했다.

"니가 여기 주인이야?"

남자애가 당돌하게 말했다. 그 말에 여자애의 주먹이 남자애 머리에 사정없이 날아들었다.

"이게 까불고 있어."

그 말을 남기고 여자애는 빵을 씹으며 도로로 나갔다.

눈물이 핑 돌았다. 남자애는 그 자리에서 남은 빵을 우걱우걱 먹었다. 빵을 반이나 뺏긴 게 억울했다. 게다가 '도둑놈'이라는 말까지 들은 게 분했다. 여자애가 아직 옆에 있으면 달려들고 싶었다.

"난 도둑이 아냐!"

남자애는 혼자 소리를 지르고는 마지막 빵 조각을 입안에 쑤셔 넣었다. 빵에서 찝찔한 맛이 났다. 목이 멨지만 남자애는 빵을 끝까지 다 삼켰다.

빵을 먹고 나니 그나마 기분이 조금 풀렸다. 손을 털며 주위를 두리번거렸다. 빵의 말랑말랑한 질감이 여태 손끝에 남아 있었다. 그러나 마땅히 갈 데가 없었다. 제 구역이라고 윽박지르는 여자애가 덜컥 겁이 났다. 이런 데도 구역이 있다는 건 처음 알았다.

병원 안으로 다시 들어갈 용기는 더더욱 없었다. 꿈틀거리며 온몸에 파고드는 병원 불빛이 무서웠다. 걸을 때마다 미끄러질 듯 반들반들한 바닥에 자꾸만 반사되는 제 얼굴이 싫었다.

남자애는 새삼 머리를 쓰다듬으며 잠시 주위를 두리번대다 그 곳에서 빠져나왔다. 편의점 주인이 달려와 덮칠까 봐 마음을 놓을 수 없었다. 남자애는 잠시 병원 앞마당을 서성거리다 얼른 여자애가 사라진 쪽으로 도로를 건너갔다.

갑자기 팝콘이 먹고 싶었다. 한번 생각이 들자 팝콘이 거머리처럼 따라다녔다. 남자애는 팝콘을 찾아 두리번거렸다.

도로를 건너간 남자애는 사람들 무리에 섞여 아무 생각 없이 걸었다. 아직도 배가 고팠다. 생각해보니 종일 먹은 것이라고는 우유 하나와 빵 반쪽이 전부였다.

평생 처음 도둑질을 했다. 생각보다 쉬웠다. 편의점에서 사람들이 물건을 고르는 틈에 끼어 슬그머니 빵 하나를 주머니에 넣었다. 그러고는 계산원이 계산을 하느라 분주한 사이에 빠져나왔다. 그런데 재수 없이 여자애에게 걸렸다.

남자애는 그 생각을 하자 다시 화가 났다. 조금만 더 힘이 셌으면 빵을 혼자 다 먹을 수도 있었을 텐데. 아무리 생각해도 아까웠다. 크림빵의 달콤한 맛이 아직도 입안에 맴돌았다.

병원 구역을 벗어난 남자애는 길을 어슬렁거리며 돌아다녔다. 개 한 마리가 남자애 옆을 따라왔다.

길가에는 식당이 즐비했다. 이렇게 식당이 많은 줄은 미처 몰랐다는 표정으로 아이는 식당마다 기웃거렸다. 이따금 식당 창유리에 코를 박고 안을 들여다보기도 했다. 눈에 띄는 것마다 먹고 싶어서 견딜 수 없었다.

"저리 가. 거지새끼가 재수 없게."

한 중국 식당의 모형 음식 앞에 얼굴을 박은 채 들여다보고 있는 등 뒤로 고함 소리가 났다. 그 소리가 아이 귀에는 전혀 들리지 않았다. 아이는 유리창 너머로 보이는 짜장면을 정신없이 먹었다. 옆에서는 개가 나란히 유리창 안을 들여다보고 있었다. 아이가 마지막 건더기를 싹싹 긁어먹는 사이에 뭔가가 뒤통수를 픽하고 후려쳤다.

"아주 쌍으로 놀고 있네."

둔탁한 충격과 함께 다시 소리가 들렸다. 그제야 아이는 놀라서 고개를 들었다. 덩치 큰 남자가 헬멧을 든 채 뒤에 버티고 서있었다. 배달을 갔다 오는 모양인지 오토바이는 아직 시동이 꺼지지 않은 채 털털거리고 있었다. 그걸 본 아이는 얼른 자리를 피했다. 그러고는 머리를 몇 번 쓰다듬더니 곧 두 손을 주머니에 찌르고선 다시 길을 걸었다.

엄마 말만 잘 들으면 저런 건 먹을 수 있는데.

그런 생각이 들자 남자애는 문득 집을 나온 게 후회되었다. 엄마가 바라는 건 딱 하나였다. 공부만 잘하면 뭐든 다 해주겠다고 엄마는 입버릇처럼 말했다.

돈도 없으면서.

그 생각에 아이는 투덜거렸다. 그만 집에 돌아가고 싶었다. 그러나 돌아가면 맞을 게 뻔했다. 지난번에도 가출했다가 아빠에게 엄청 맞았다. 그나마 엄마가 뜯어말려서 그 정도로 끝났다. 말리는 엄마가 전혀 고맙지 않았다.

실제로는 내가 없어졌으면 하고 바라면서.

남자애는 그렇게 생각했다. 자기가 가출했다고 해서 찾을 사람은 아무도 없을 것이다. 어디서 죽어도 아무도 슬퍼하지 않을 것이다. 지난번에도 가출해서가 아니라 돌아온 것 때문에 아빠가 때렸을 거라는 생각이 들었다. 그런 생각에 아이는 다시 울컥해졌다.

거리에 네온사인이 안개처럼 자욱하게 내리고 있었다. 남자애는 문득 자신이 이상한 나라에 뛰어든 앨리스라는 생각이 들었다. 자신은 어른들 나라에 뛰어든 매 맞는 아이였다. 어른들이 그 애에게 마구 달려들었다. 아이는 어른들을 피해 좁은 길을, 어른들 사이를 비집고 다녔다. 도망치며 보이는 포장마차마다 삶은 달걀과 김밥이 잔뜩 쌓여 있었다.

"나는 험프티 덤프티다!"

남자애는 길을 걸으면서 소리를 질렀다. 험프티 덤프티 생각만으로도 잠시 배가 달걀만큼 불러왔다. 집에 가면 엄마한테 달걀을 100개는 삶아달라고 해야지 하고 생각했다. 그 생각에 기분이 좋아졌다.

남자애는 춤을 추듯이 몸을 건들거리며 걸었다. 쇼윈도 안에서는 다른 아이가 그 애를 따라 걷고 있었다. 그 아이는 쇼윈도 밖으로 사라졌다가 이내 다시 나타나 아이를 따라다녔다. 남자애는 그 애를 흘끗흘끗 바라보며 걸었다.

남자애는 지나가다가 길가에 세워둔 쓰레기통을 일부러 발로 툭 차고 전봇대에 붙여놓은 광고지를 휙 찢어버리기도 했다. 한 번은 뜯어낸 광고지를 대형 전광판에 떠 있는 화장품 광고 모델의 얼굴에 척 가져다 붙이고는 달아났다. 주인이 뒤에서 소리를 질렀다. 재미있었다. 그사이 배고픈 것도 잊어버렸다.

남자애는 오래 걸어 다니느라 다리가 아팠다. 공원 문 앞이었다. 날이 어두워지면서 약간 쌀쌀했다. 오늘도 잘 데를 찾아야 했다. 어젯밤에는 공원 화장실에 들어가 문을 걸어 잠그고 변기 옆에 쪼그리고 앉아서 잤다. 좀더 편한 잠자리가 있었으면 하는 바람이 간절했다.

이런저런 생각을 하는 사이, 아이의 발걸음이 먼저 공원으로 들어갔다. 가로등이 환하게 켜진 공원은 아름다웠다.

길 양편에 늘어선 벚나무 잎들이 빛의 터널을 만들고 있었다. 잎 하나하나에 맺힌 노란빛이 바람에 흔들렸다. 그걸 보고 심통이 난 남자애는 손을 들어 깡충거리며 나뭇잎들을 마구 쳤다. 나뭇잎이 남자애 머리 위로 후드득 떨어졌다. 몇 번 하고 나니 그 짓도 금방 싫증이 나 무료하게 공원을 돌아다녔다.

할 일이 없었다.

공원은 저녁 산책을 하거나 조깅을 하는 사람들로 거리만큼 번잡했다. 이따금 엄마 아빠의 손을 잡은 아이들이 깔깔거리며 지나갔다. 풍선을 손에 쥔 아이들의 마음은 풍선 높이만큼 떠 있는 것 같았다. 그 모습이 몹시 부러웠다. 곰곰 생각해봐도 남자애에겐 엄마 아빠와 그렇게 손을 잡고 다닌 기억이 없었다. 아빠는 집에 오는 날이면 술에 취해 화를 내고 때리기만 했다.

"너 같은 놈은 차라리 없는 게 나아."

아빠의 말에 남자애는 명치끝이 쑤시듯이 아팠다. 수없이 들은 말이지만 들을 때마다 마음이 산산조각 나는 것 같았다.

남자애는 공원을 어슬렁거리다가 피곤해서 사람들의 발걸음이 뜸한 외떨어진 빈 벤치에 누웠다. 배가 고팠다. 배가 고프니 이상하게 잠이 가물가물 왔다. 아무래도 오늘은 벤치에서 자야 할 것 같다는 생각이 들었다. 춥지만 않다면 야외에서 자는 것도 괜찮을 것 같았다.

오늘 밤은 좋은 꿈을 꿔야 될 텐데.

남자애는 그런 생각을 했다. 어젯밤 꿈은 너무 사납고 끔찍했다. 아무래도 화장실에서 자서 그런 것 같았다.

막 잠이 들려는데 갑자기 누가 발로 툭툭 찼다.

"야, 일어나."

그 말에 남자애는 화들짝 놀라 일어났다.

아까 그 여자애였다. 여자애가 앞에 버티고 서 있었다. 그 애를 본 순간, 남자애는 짜증이 와락 치밀었다.

"간 떨어지는 줄 알았잖아."

남자애가 화난 목소리로 말하고는 다시 누우려고 했다. 여자애가 먼저 그 애 옆에 털썩 앉았다.

"왜 경찰이라도 온 줄 알았어? 너 가출했지?"

"남이야."

"어쭈, 요것 봐라. 콩알만 한 게."

여자애가 놀리듯이 말했다. 그 말에 남자애는 당황한 시선으로 여자애를 쳐다봤다. 여자애 말에 자존심이 여지없이 무너지는 것 같았다.

"봐라 봐. 가출에다 도둑질이나 하고."

"난 도둑이 아니야!"

'도둑질'이라는 말에 남자애가 벌떡 일어나서 주먹을 쥔 채 씩씩거렸다.

"너 도둑 맞잖아."

"아냐!"

"아니긴, 쥐뿔이다."

여자애도 지지 않고 말했다.

"아니라니깐."

남자애가 갑자기 울음을 터뜨릴 것 같은 표정으로 여자애에게 달려들었다. 그걸 본 여자애가 움찔했다.

"알았어. 너 도둑놈 아니다. 이제 됐니?"

그 말에 남자애는 다시 자리에 털썩 주저앉았다. 여전히 분이 덜 풀린 듯 씩씩거리고 있었다. 그사이 여자애가 주머니에 손을 집어넣어 뒤적거렸다.

"야, 먹어. 아까 빵 얻어먹은 보답이다."

여자애가 주머니에서 김밥을 꺼내 남자애에게 내밀었다. 김밥을 보자 남자애는 씩씩거리다 말고 놀란 눈으로 여자애를 쳐다보았다.

"먹어."

여자애가 다시 말했다. 남자애는 입이 잔뜩 벌어지더니 김밥을 받아 들고선 허겁지겁 먹었다.

"천천히 먹어. 체하겠다."

그 말을 하며 여자애가 다른 주머니에서 주스를 한 병 꺼냈다. 남자애는 그걸 받아 들고는 행복해서 환하게 웃었다.

"웃기는. 하여튼 남자란 것들은 어른이나 애나 단순해요. 뭔 생각들 하고 사는지 몰라."

여자애가 중얼거리면서 고개를 돌렸다.

"이거 어디서 난 거야? 훔쳤어?"

남자애가 김밥을 먹다 말고 물었다.

"묻긴 뭘 물어, 그냥 먹어."

여자애가 뜻밖에 부드럽게 말했다. 그런 여자애가 남자애는 갑자기 좋아졌다.

"너 초딩이지?"

여자애가 뜬금없이 물었다.

"응."

"몇 학년이야?"

"5학년."

"봐라 봐. 하여튼 잘한다. 초딩이 가출이나 하고. 요즘 애들은 겁대가리가 없어요. 도대체 가정교육을 어떻게 시키는지."

여자애가 시니컬한 목소리로 말했다. '가정교육'이라는 말에 남자애가 김밥을 먹다 말고 피식 웃었다.

"그거 먹고 집에 가. 여기 있음 안 돼."

남자애의 표정을 본 여자애가 갑자기 진지한 목소리로 말했다.

"안 가!"

남자애가 재빨리 대답했다.

"왜 안 가?"

"가면 맞아 죽을지 몰라."

"누구한테?"

"아빠한테."

"왜 맞고 지내? 같이 패버려."

여자애가 소리를 질렀다. 남자애는 놀라서 여자애를 쳐다보았다. 여자애는 자기가 한 말을 잊어버린 듯 아무 말 없이 앉아 있었다.

남자애는 다시 김밥을 입에 밀어 넣었다.

수양버들 잎 하나가 파문을 일으키며 떨어졌다. 여자애는 문득 엄마와 아빠 얼굴이 떠오르자 화들짝 놀란 듯이 지워버렸다. 모든 게 이젠 다 기억하기도 힘든 아득한 옛날이야기 같았다.

그사이 남자애는 김밥과 주스를 다 먹어치웠다. 그제야 조금 배가 부르고 눈이 제대로 떠졌다. 갑자기 오늘 저녁 잠자리 걱정도 사라져버렸다.

"누난 왜 집을 나왔어?"

남자애가 기름기가 번들거리는 빈 호일과 우유 팩을 바닥에 버리고는 물었다.

멍하니 앉아 있던 여자애는 '누나'라는 말에 남자애를 쳐다봤다. 처음 들어보는 말이었다. 기분이 묘했다.

"뭐 누나? 너 같은 동생 둔 적 없어."

여자애는 일부러 퉁명스럽게 말했다.

"나보다 나이가 많으니 누나지 뭐."

남자애가 말했다.

"내가 너보다 나이가 많은지 어떻게 알아?"

"가슴이 나왔잖아."

"꼴에 남자라고."

여자애가 흘낏 쳐다봤다. '누나'라는 말이 싫지 않았다.

"누난 중딩이야?"

"고딩이다, 왜?"

"에이 거짓말. 중딩 같은데."

"이게 까불고 있어."

여자애는 때릴 듯이 주먹을 들어 올렸다.

여자애의 거친 대답에 남자애도 할 말이 없었다. 오늘 밤 이 누나 옆에만 붙어 있으면 안심이라는 생각이 들었다. 절대로 놓치지 말아야지, 악착같이 따라다녀야지 하고 생각했다. 그 생각에 혼자 피식 웃었다.

"왜 웃어? 재수 없게."

"아니야, 그냥."

"집에 돌아가. 애가 무슨 가출씩이나."

"그러면 누난 어른이야?"

"그래, 너보단 한참 어른이다. 됐냐?"

그렇게 말하고 여자애는 일어나 어슬렁거리며 멀리 보이는 공원 문을 향해 걸어갔다. 남자애도 벌떡 일어나 따라갔다.

"왜 따라와?"

한참 동안 모른 척 걷던 여자애가 공원 밖으로 나오면서 흘낏 돌아보더니 물었다.

"갈 데가 없어서."

"난들 뭐 갈 데가 있는 줄 알아?"

그 말을 하고 나서 여자애는 다시 걸어갔다.

여자애는 아까 남자애가 그랬듯이 거리를 할 일 없이 돌아다녔다. 남자애는 그 뒤에 바싹 붙어서 여자애가 하는 대로 따라 했다.

여자애는 한 식당 앞에서 스파게티 모형을 보더니 창유리에 얼굴을 대고 먹는 시늉을 했다. 그걸 본 남자애가 옆에서 따라 했다.

"병신."

여자애가 웃으면서 말했다.

"누나도 똑같아."

그 말에 둘은 다시 웃었다.

"너 스파게티 먹어봤어?"

"아니."

"그렇겠지. 스파게티를 어떻게 먹는지는 알아?"

"그냥 젓가락으로 후루룩 퍼 먹으면 되지."

"봐라 봐, 무식이 철철 넘친다. 스파게티는 포크에 돌돌 말아 먹는 거야. 뭘 알아야지. 스파게티가 무슨 짜장면인 줄 알아?"

여자애가 말을 하며 스파게티 마는 시늉을 했다. 그 동작을 남자애는 호기심 가득한 표정으로 쳐다보았다. 아이의 목에 침 넘어가는 소리가 들렸다.

"에이, 보니까 허연 국수던데 뭘. 학교에서 먹어봤거든."

남자애가 지지 않고 대들었다. 그런 남자애를 여자애가 쥐어박는 시늉을 했다. 그걸 보고 남자애는 앞으로 달아났다.

어느새 두 아이는 앞서거니 뒤서거니 하며 시내를 돌아다녔다. 둘이서 다니니 피곤하지 않았다. 무섭지도 않고 외롭지도 않았다. 둘이 있으면 세상에 겁날 게 없을 것 같았다.

한참 걷다 보니 갑자기 여자애의 배에서 꼬르륵 소리가 났다.

"누난 저녁 안 먹었어?"

그 소리를 들은 남자애가 물었다.

"니가 다 먹었잖아."

그 말에 남자애는 갑자기 얼굴이 화끈거렸다.

"그러면 같이 먹자고 해야지. 난 먹은 줄 알았잖아."

"거기가 내 식탁이야. 그런데 니가 먼저 차지하고 누워 있었잖아. 의리도 없이. 빈말이라도 같이 먹자고 해야 되잖아."

"미안해. 그런 줄도 모르고."

"됐어. 꼭 다 먹고 배부르면 그런 소릴 하더라."

그 말에 남자애는 머쓱해졌다. 그렇지만 여자애가 더없이 믿음직스러웠다. 정말 누나 같았다.

두 아이는 말없이 거리를 돌아다녔다. 신림사거리 지하철역 부근에 오자 늦은 시간인데도 사람들이 바글거렸다.

두 아이는 지하철을 건너갔다 건너왔다 하며 그 일대를 돌아다녔다. 마땅히 들어가거나 구경할 데가 없었다. 무작정 걸을 수밖에 없었다.

한참 어슬렁거리며 돌아다니다 두 아이는 한 영화관 앞에 멈추었다. 커다란 광고판이 높이 걸려 있었다. 액션 영화 광고였다.

"와, 재밌겠다."

남자애가 소리를 질렀다.

"넌 저런 게 재밌니?"

"그럼 디따 재밌어. 누난 재미없어? 누나, 우리 저거 보자."

남자애가 신이 나서 떠들었다.

"꿈 깨라."

여자애가 매정하게 말했다.

"몰래 들어가보자."

남자애가 다시 말했다.

여자애는 그게 그냥 해보는 소리라는 걸 알았다. 상영실 입구
마다 우아하게 차려입은 안내원들이 지키고 있어서 공짜 영화는
꿈도 꿀 수 없었다. 그러니 그냥 광고판만 쳐다보며 상상하는 것
으로 만족해야 했다.

여자애는 잠시 제복을 멋지게 차려입고 백화점 입구에 서서 우
아하게 인사하는 자신의 모습을 상상했다.

"두두두두!"

남자애가 갑자기 여자애를 향해 총을 들고 쏘아대는 시늉을
했다.

"피융피융."

남자애는 혼자 총을 쏘고 넘어지고 하며 장난질이었다. 그러다
가는 마침내 여자애의 가슴에 쓰러지는 흉내를 냈다.

"그만해!"

여자애가 소리를 질렀다. 그 소리에 남자애는 머쓱해졌다. 여자
애는 짜증스러운 표정이었다.

"누나는 사는 게 재미없어?"

"그런 넌 재밌어 죽겠냐?"

"응."

"그런 게 가출을 해? 말이 되는 소리를 해야지."

여자애가 면박을 주었지만 남자애는 아랑곳하지 않았다. 그런

남자애가 여자애는 왠지 싫지 않았다.

두 아이는 잠시 동안 더 영화관 앞을 서성거리다가 발길을 돌렸다.

"나도 크면 영화배우가 돼야지. 그래서 악당들을 다 물리치는 거야. 신나잖아."

그 말에 여자애가 피식 웃었다.

"왜 웃어?"

"남자 새끼들은 아는 게 총질뿐이야. 지네들이 무슨 기사라고, 걸핏하면 여자들을 구한다고 설쳐대. 그리고 니 말도 웃기잖아. 가출한 주제에 무슨 영화배우씩이나. 꿈이 장하다. 얼른 깨라."

여자애의 그런 말이 남자애에게는 전혀 들리지 않았다.

"아무튼 누나, 나 아까 그 영화에 나오는 배우 봤다."

"어디서?"

그 말에 여자애가 눈을 반짝이면서 쳐다보았다.

"전번에 가출했을 때 영안실 근처 돌아다녔거든. 그때 봤어."

"난 또 뭐라고."

"누나 그 배우 좋아하는구나."

"왜 난 배우도 못 좋아하나?"

"그런 게 아니라."

"됐어. 사내자식이 입만 살아가지고. 좀 조용히 살자."

그 말을 하고 여자애는 입을 닫아버렸다. 남자애는 잠시 말없이 여자애 곁에서 걸었다.

"누난 진짜 내 꿈이 뭔지 알아?"

남자애는 곧 참지 못하고 다시 입을 열었다. 그러나 여자애가 아무런 반응을 보이지 않자 인심을 쓰듯이 계속 말했다.

"초콜릿 공장 사장이 되는 거야. 부자가 되면 초콜릿을 아이들에게 막 나눠줄 거야. 「찰리와 초콜릿 공장」이라는 영화 있잖아, 봤어? 거기 보면 찰리는 가난한데 부자가 된다."

"어떻게?"

"초콜릿 공장 사장이 찰리에게 초콜릿 공장을 주거든."

"왜 주는데?"

"착하니까."

"등신. 그걸 이야기라고. 사장이 미쳤다고 거지한테 초콜릿 공장을 주냐. 슈퍼 주인이 너한테 초콜릿 한 개라도 공짜로 준 적 있어?"

"아니."

"그런데 사장이 초콜릿 공장을 공짜로 줘? 착하다고 부자 될 거 같으면 우리나라 사람들 반은 부자 됐겠다. 콩쥐니 신데렐라니 전부 뻥이야."

"그래도 재밌잖아."

"혼자 재미있으셔. 난 관심 없으니. 그만 잠이나 자러 가자. 넌 어디 알아봐 둔 데 있어?"

여자애가 갑자기 잠자리 이야기를 꺼냈다. 그제야 남자애도 다시 잘 곳이 걱정되었다. 그사이 깜박 잊고 있었다.

"아니. 누난?"

"내 자린 내가 알아서 하고. 아무튼 여기서 찢어지자. 넌 니가 알아서 자러 가라. 그리고 다시는 만나지 말자."

그 말에 남자애가 당황해서 여자애를 빤히 쳐다보았다.

"그런 게 어딨어?"

"어딨긴. 내 마음이지. 니가 내 동생이라도 되냐?"

그 말을 하고는 여자애가 혼자 돌아섰다.

남자애는 여자애의 뒷모습을 잠시 쳐다보다가 놓칠세라 얼른 따라갔다. 여자애는 한 번 흘깃 돌아보더니 그대로 갔다. 여자애도 말과는 달리 그 애를 굳이 떼놓을 마음은 없는 것 같았다. 여자애의 마음을 읽은 남자애는 슬그머니 옆으로 다가갔다.

"이런 법은 없지."

남자애가 넉살 좋게 말했다. 여자애가 그 말에 피식 웃었다.

"눈치는 살아갖고."

여자애가 한마디 했다. 그제야 남자애의 표정이 다시 밝아졌다. 그들 머리 위로 네온사인이 눈처럼 쏟아졌다.

두 아이는 결국 병원으로 돌아왔다. 병원은 한산했다. 여자애가 안내원을 피해 안으로 들어서더니 재빨리 지하로 내려갔다.

주차장 한쪽 구석에 플라스틱 상자가 잔뜩 쌓여 있었다. 남자애는 여자애를 따라가며 주변을 두리번거렸다. 병원에 이런 곳이 있는 줄은 몰랐다. 지하실에 들어서자 서늘한 냉기가 밀려들었다.

"잘 따라와. 감시 카메라에 찍히면 여기도 끝장이야."

여자애가 목소리를 낮추어 말했다. 남자애는 여자애가 하는 대로 몸을 잔뜩 웅크리고 벽에 딱 붙어서 상자가 있는 곳으로 다가갔다. 첩보 영화 배우가 된 것 같아 기분이 으쓱했다.

가까이 가서 보니 상자들 사이에 작은 틈이 보였다. 두 사람이 간신히 다리를 뻗고 누울 만한 공간이었다. 바닥에는 스티로폼 조각이 깔려 있었다. 여자애의 아지트인 모양이었다.

여자애 뒤를 남자애도 따라 들어갔다.

"어딜 들어와? 넌 알아서 아무 데서나 자."

여자애가 말했다.

남자애가 막무가내로 여자애 옆에 들어와 앉았다.

"무서워. 어젠 화장실에서 자는데 무서워 죽는 줄 알았어."

"화장실에서 잤다고?"

"응."

"진짜 완전 거지새끼네."

여자애가 웃었다. 그 말에 남자애가 시무룩하게 바닥에 드러누웠다.

"일어나, 내 자리야."

여자애가 목소리를 죽이며 말했지만 남자애는 꿈쩍도 하지 않았다. 몹시 피곤한 모양이었다. 여자애는 그만 한쪽 구석에 쪼그리고 앉아서 남자애의 얼굴을 쳐다보았다. 가출한 지 이틀밖에 안 됐다는데 벌써 꼴이 말이 아니었다.

여자애는 문득 처음 가출하던 날을 떠올렸다.

그땐 딱히 가출할 생각은 아니었다. 아무 생각 없이 돌아다니다 보니 밤이 너무 늦어 집에 가는 게 겁이 났다. 결국 한데서 자고 다음 날 바로 학교로 갔다. 수업을 마치고 집에 갔지만 지난밤 들어오지 않은 그 애에게 아무도 관심이 없었다. 그때 처음으로 여자애는 자신이 그 집에 필요 없는 아이라고 느꼈다. 엄마가 죽고 몇 달 지나지 않아서였다.

"에잇. 뭐 좋은 일이라고 생각해?"

여자애는 일부러 머리를 흔들고는 남자애 옆에 누웠다. 두 사람이 누우니 몸을 꼼짝할 수 없었다. 간신히 몸을 돌려 남자애를 등지고 누웠다. 움직일 때마다 상자가 흔들리는 것 같아 불안했다.

상자들 틈새로 이따금 자동차 서치라이트가 비치고 바퀴 끌리는 소리가 났지만, 주차장 안은 쥐 죽은 듯이 조용했다. 모기만 없으면 살 만한 곳이었다. 아침에 일어나면 여기저기 모기에 물린 자국이 흉하게 남았다.

여기를 찾아낸 것은 그나마 행운이었다. 그전에는 남자애처럼 화장실이고 벤치고 아무 데서나 닥치는 대로 잤다. 그때마다 어둠 속에서 하이에나처럼 달려드는 남자들의 눈초리가 소름 끼치게 무서웠다. 몇 번이나 잠에서 깨 주위를 두리번거렸는지 모른다.

"하긴, 뭐가 이쁘다고 찾겠어. 내가 생각해도 나 같은 건 밥맛이지. 내 발로 걸어 나가주었으니 고마워 죽을 거야."

여자애는 생각하다 말고 혼자 중얼거리며 팔을 베고 눈을 감았다. 남자애의 숨결이 등에 느껴졌다. 여자애는 다시 간신히 몸을 돌려 남자애를 바라보았다. 벌써 곯아떨어져 있었다.

여자애는 남자애의 얼굴을 손으로 더듬었다. 문득 정말 이런 동생이 하나 있었으면 하는 생각이 들었다. 그러면 훨씬 덜 외로울 것 같았다. 동생을 위해서라도 절대로 가출은 하지 않을 것 같았다. 한순간 남자애가 따라와준 것이 고마웠다.

남자애가 자다 말고 여자애의 품에 파고들면서 "엄마, 엄마" 하고 잠꼬대를 했다. 여자애가 그런 아이를 꼭 끌어안았다. 참 따뜻했다. 그 애를 안은 채 여자애는 곧 잠이 들었다.

2

　아침이었다. 여자애는 일어나자마자 화장실로 가서 세면기에
머리를 들이밀었다. 아침부터 심사가 편치 않았다. 아무나 붙잡고
악을 쓰고 싶었다. 아무나 늘씬하게 두들겨 패든가 맞기라도 하
면 속이 좀 후련해질 것 같았다.
　누구든 걸리기만 해봐라.
　여자애는 혼자 생각했다. 배에서 꼬르륵 소리가 났다. 여자애는
수도꼭지를 들어 올렸다. 물줄기가 쏟아지자 정신이 번쩍 들었다.
　어디서 뭘 먹지?
　여자애는 쏟아지는 물줄기를 받으면서 생각했다. 그러면서 손
을 더듬어 비누를 찾았다.
　일찍 병원을 찾은 사람들이 세면대에서 머리를 감는 여자애를
못마땅한 눈으로 흘깃거렸다. 여자애는 그들의 표정을 일부러 무

시하고 액체비누를 머리에 발라 거칠게 문질렀다. 비누 거품이 세면대 곳곳에 튀었다.

머리를 다 감고 나서는 젖은 머리를 핸드 드라이어에 대고 대충 말렸다. 화장실 바닥에 거품과 물기가 흥건했다.

여자애가 막 밖으로 나오는데 화장실에 들어서던 한 중년 여자가 세면대를 보고 노골적으로 인상을 찌푸렸다. 욱하는 마음이 들었지만 못 본 척 밖으로 나왔다. 남자애가 먼저 나와 기다리고 있었다. 아이는 낯만 씻었는지 머리가 기름기로 번들거렸다.

"당장 가서 머리 감고 와!"

여자애가 남자애에게 소리를 질렀다.

"싫은데."

"말 안 들어?"

"니가 엄마야?"

남자애가 지지 않고 대들었다.

"그래? 그러면 혼자 다녀."

그 말을 하고는 여자애가 휙 돌아서서 가려고 했다. 그걸 본 남자애가 후다닥 화장실로 들어갔다. 여자애가 화장실 안으로 사라지는 아이의 뒷모습을 쳐다봤다.

"은근히 귀여운 데가 있단 말이야."

여자애는 혼자 중얼거렸다. 뒤틀려 있던 심사가 조금 풀리는 것 같았다.

여자애는 배가 몹시 고팠다. 어디서 또 아침을 해결해야 할지 걱정이었다. 혹까지 하나 딸려 있어서 더 신경이 쓰였다.

나 먹을 것도 없는데 저것까지 챙겨야 하나.

여자애는 잠시 생각했다.

남자애가 화장실에서 나오자 여자애는 그 애를 이끌고 병원 뒤쪽을 돌아 장례식장으로 갔다. 아직 문상객들이 찾기에는 이른 시간이었다.

여자애는 혹시나 하는 마음으로 여기저기 영안실을 기웃거렸다. 그나마 이 시간에 밥을 얻어먹기 가장 좋은 곳이었다. 부탁을 하면 사람들이 마뜩잖은 표정을 지으면서도 굳이 내쫓지는 않았다. 관리인에게만 잡히지 않으면 되었다.

"짜샤, 얻어먹을 때도 예의라는 게 있는 거야. 최소한 낯은 씻고 머리는 감아야지. 거지꼴로 가면 쫓겨나."

여자애가 작은 목소리로 말했다. 그 말에 남자애가 킥킥 웃었다.

"웃지 마! 여기가 어디라고 웃어? 맞아 죽으려고 용을 써요."

여자애가 남자애의 뒤통수를 쳤다. 한순간 남자애 눈에 눈물이 핑 돌았다.

두 아이는 영안실을 기웃거리다 마침내 한곳에서 서성거렸다. 그걸 보고 상주복을 걸친 인심 좋아 보이는 아주머니가 불렀다.

"니들 밥 안 먹었지?"

"예."

"올라오너라."

그 말에 남자애가 얼른 올라갔다. 그 뒤를 따라 여자애가 올라

34

갔다. 이내 뜨끈한 국밥과 떡, 과일이 나왔다. 두 아이는 허겁지겁 먹었다. 그런 아이들을 아주머니가 지켜보았다.

"천천히 먹어라. 죽으면 썩어 문드러질 몸인데 살아서나 잘 챙겨 먹어야지. 그것도 못 하면 한이 많아 저승엔들 편히 가겠냐."

아주머니가 아이들 앞에 퍼질러 앉아 푸념처럼 말했다. 대충 차려입은 듯한 그녀의 머리에는 리본 모양의 삼베 핀이 꽂혀 있었다. 핀은 날아가기 위해 날개를 활짝 편 한 마리 노랑나비 같아 보였다. 실내에는 이상하게도 썰렁한 바람이 돌고 있었다.

남자애는 아주머니의 뜻 모를 말에 개의치 않고 먹기에 급급했다. 여자애는 그 말을 듣는 순간 눈물이 왈칵 쏟아질 것 같았다. 갑자기 목이 메어 꾸역꾸역 밥을 밀어 넣었다. 그사이 남자애는 벌써 다 먹은 듯이 배를 쓰다듬으며 끄억 하고 트림까지 했다.

밥을 다 먹고 나니 아주머니가 작은 비닐봉지에 음식을 싸주었다.

"이거 먹고 오늘은 집에 들어가거라. 부모님이 기다리실 거다. 나중에 후회할 일은 하지 마라."

그 말에 두 아이는 꾸벅 절을 하고 영안실을 나왔다. 나오다 말고 여자애가 돌아보니, 영정에는 교복을 단정하게 입은 남자애 사진이 걸려 있었다. 기분이 울컥했다.

여자애는 얼른 고개를 돌렸다. 향냄새와 꽃 냄새가 온몸에 잔뜩 배어 있었다.

밖으로 나오자 남자애가 소리를 질렀다.

"누나, 오늘은 하루 종일 먹을 걱정 안 해도 되겠다. 그치?"

"쪽팔리게 우리가 거지냐? 그렇게 먹는 게 걱정이면 당장 집에 가!"

여자애가 화가 나서 말하고는 앞장서서 다시 공원으로 걸어갔다.

이제 먹을 걱정이 없으니 종일 심심하게 지낼 일뿐이었다. 매일 먹을 것 걱정하느라 바쁘게 돌아다녔는데 막상 그게 해결되니 별로 할 일이 없었다. 걷는 것도 귀찮았다. 종일 벤치에 누워 늘어지게 잠이나 잤으면 했다. 사람들 눈치가 보여서 그 짓도 마음대로 할 수 없었다.

남자애는 아침을 먹고서도 배가 고픈지 뒤따라오면서 비닐 속에 든 떡을 하나씩 빼 먹었다.

여자애는 무료하게 한쪽 구석에 떨어진 벤치에 앉았다. 남자애가 그 옆에 털썩 주저앉았다.

"야, 너 왜 자꾸 따라다녀? 귀찮으니 이제 그만 꺼져."

여자애가 남자애를 흘낏 바라보며 말했다.

"에이, 누나 또 왜 그래? 내가 있으니 좋잖아. 그치?"

남자애가 애교를 부렸다.

"웃기셔."

여자애가 퉁명하게 말했다.

"누나 왜 기분이 안 좋아? 내가 재미있는 거 보여줄까?"

남자애가 곧장 일어서더니 여자애가 보는 앞에서 노래를 흥얼거리며 말 춤을 췄다. 한물간 「강남 스타일」이었다. 남자애는 제

법 능숙하게 춤을 췄다. 그 모습을 보고 여자애가 웃었다. 지나가던 사람들도 흘낏흘낏 쳐다보았다. 몇 사람은 발걸음을 멈추고서 지켜보았다.

"애가 제법이다."

지켜보던 사람들이 박수까지 쳤다.

춤을 추고 나자 남자애가 다시 여자애 옆에 앉았다.

"진짜 연예인 해도 되겠다. 어디서 배웠냐?"

"배우긴. 그냥 따라 했지 뭐."

남자애가 시무룩하게 말했다.

남자애는 붙임성이 있었다. 함께 있으면 사람을 즐겁게 해주었다. 그래서 여자애는 욕을 하면서도 남자애를 떨쳐내지 않았다. 그 애와 함께 있으면 쓸데없는 걱정이 잊히는 듯했다.

여자애는 이내 잠이 들었다. 그걸 본 남자애는 혼자 떡 봉지를 든 채 공원을 돌아다녔다. 연못에 연꽃잎이 가득 차 있었다. 이미 꽃은 다 지고 씨방만 샤워기 주둥이처럼 하늘을 향해 솟아 있었다. 그 옆 분수에서는 노랫소리에 맞춰 물이 올라갔다 내려갔다 하며 춤을 췄다.

남자애는 배가 부르니 기분이 좋았다. 문득 친구들이 보고 싶었지만, 학교에 가고 싶지는 않았다. 남들이 다 교실에 갇혀서 공부하는 시간에 혼자 마음대로 돌아다니는 게 그렇게 즐거울 수 없었다.

"나는 자유다!"

남자애는 분수를 바라보며 두 손을 번쩍 든 채 고함을 질렀다. 그 소리에 지나가던 사람들이 흘낏 쳐다보았다. 그들의 시선을 느낀 아이는 머쓱해서 다른 곳으로 옮겨 갔다.

수양버들 잎이 바람에 하나둘 날리고 있었다. 남자애는 펄쩍 뛰어서 수양버들 가지를 잡았다. 잎이 주르륵 손아귀에 들어왔다. 손안 가득 든 잎을 공중에 휙 날렸다. 잎들이 팔랑개비처럼 돌며 떨어졌다.

한참 돌아다니니 이내 무료해졌다. 할 일이 없는 게 힘들었다. 지금쯤 학교에 있으면 친구들하고 장난치고 놀 텐데 하는 생각이 들었다. 아무에게나 전화를 하고 싶었지만 휴대전화 배터리가 다 떨어졌다. 그냥 빈둥거리며 노는 것도 쉬운 일이 아니었다. 세상에 쉬운 일은 하나도 없다던 할머니 말이 떠올랐다.

"지 자식 키우는 것도 여간 힘든 게 아닌데 남의 자식 잘 키워 보겠다고 그렇게 애쓰는 공을 모르면 안 된다."

문득 할머니 말이 생각났다.

남자애는 다시 여자애가 누워 있는 곳으로 갔다. 멀리서 보니 여자애가 악을 쓰고 있었다. 한 남자가 여자애 머리채를 잡고 있었다. 놀란 남자애는 잠시 그 자리에 멈춰 섰다가 주춤거리며 다가갔다. 사람들이 여럿 주위에 둘러서 있었다.

가까이 다가가자 남자의 목소리가 선명하게 들렸다.

"이년이 또 가출을 해? 당장 집에 가자."

"살려주세요. 이 사람 우리 오빠 아니에요."

여자애가 머리카락을 낚아채인 채 소리를 질렀다. 그런 여자애를 사람들은 쳐다만 보고 있었다.

"어느 놈이든 달려들기만 해봐."

남자가 사나운 눈초리로 주위 사람들을 둘러보며 험상궂게 말했다.

"벌써 몇 번째야? 집에 가면 가만 안 둘 테니 따라와."

남자가 여자애의 따귀를 사정없이 때리고는 끌고 갔다. 여자애는 가지 않으려고 발버둥 쳤다.

"살려주세요. 모르는 사람이에요."

여자애가 간절한 목소리로 소리를 질렀다.

사람들은 모두 꿈쩍도 하지 않았다. 여자애는 발버둥 치면서 질질 끌려갔다. 볼이 벌겋게 부풀어 있었다.

"우리 누나 놔주세요."

남자애가 갑자기 소리를 지르며 달려갔다. 그 말에 남자가 걸음을 멈추었다.

"동생이라고? 잘됐다. 너도 같이 가자."

남자가 다른 손으로 아이의 멱살을 움켜잡았다.

"놔요, 놔."

남자애가 멱살을 잡힌 채 발버둥 쳤다. 남자는 한꺼번에 두 아이를 다루느라 허덕거렸다. 여자애가 더욱 기를 쓰며 빠져나가려고 했지만, 머리를 낚아채여 제대로 저항할 수 없었다.

여자애가 거세게 저항하자, 남자는 결국 남자애의 멱살을 놓고 여자애를 두 손으로 움켜잡았다. 그때 남자애가 있는 힘을 다해 남자의 팔을 물었다. 남자가 비명을 지르며 두 손을 놓았다.

여자애와 남자애는 재빨리 도망쳤다. 둘이 손을 잡고 공원 밖으로 허겁지겁 도망치는 모습이 사람들 눈에 비쳤다. 남자는 팔을 움켜쥔 채 따라오다가 이내 포기하고 그 자리에 멈춰 섰다. 지켜보던 사람들이 그제야 재미있는 구경거리가 사라졌다는 듯 아쉬운 표정을 지으며 하나둘 흩어졌다.

두 아이는 한참 도망치다 남자가 따라오지 않는 것을 확인하고 걸음을 멈추었다. 그러고는 아무 데나 주저앉았다.

"누나, 저 사람 누구야?"

"몰라. 저런 새끼들 조심해야 돼."

그 말에 남자애가 여자애를 쳐다보았다.

"이다음에 저런 새끼는 되지 마라."

여자애가 말했다.

"누나, 그 아저씨 또 따라오면 어떻게 해?"

"괜찮아. 그런 새끼는 겁이 많아서 어떻게도 못 해. 진짜 무서운 건 그런 새끼가 아니야. 갑자기 달려들어서 무작정 차로 납치해가는 새끼들이지."

"정말이야?"

남자애가 놀라서 눈을 동그랗게 뜨며 물었다.

"텔레비전도 안 보냐? 너도 조심해. 그나저나 배고프다. 떡이나 먹자."

여자애가 말을 끊으며 남자애에게 손을 내밀었다.

"뭐? 떡?"

떡이라는 말에 남자애가 당황해서 머리를 긁었다.

"봉지를 떨어뜨려버렸는데."

"뭐? 그걸 떨어뜨리면 어떻게 해."

여자애가 소리를 질렀다.

"미안해, 워낙 급해서. 히히."

남자애가 여전히 머리에 손을 댄 채 말했다.

사실 떡 봉지는 이미 비어 있었다. 돌아다니면서 하나씩 빼 먹다 보니 어느새 빈 봉지만 남았다. 그렇다고 차마 다 먹었다는 말은 할 수 없었다. 어제 저녁도 혼자 다 먹었는데 떡마저 다 먹었다는 말은 입 밖에 나오지 않았다.

"근데 누나, 나 잘했지?"

"뭘?"

"그 남자 물어뜯은 거."

"그래, 큰일 했다. 그래도 남자라고 구실은 하네."

그 말을 하며 여자애가 남자애 머리를 마구 문질렀다. 남자애는 기분이 좋아졌다. 자신이 누군가에게 필요한 존재라는 사실이 더없이 기뻤다.

"앞으로도 누난 내가 지켜줄게."

"됐네요. 니 몸이나 잘 지키셔."

그 말을 하고는 여자애가 일어섰다.

"어딜 가?"

"마트에."

"거긴 왜? 뭐 사게? 돈 있어?"

"그 정신 상태로 무슨 가출씩이나. 잘 배워둬. 이럴 땐 마트에 가서 시식용으로 배를 채우는 거야. 그런 거 안 해봤어?"

여자애가 뽐내듯이 말했다.

"아아 그거?"

그제야 남자애가 신이 나 앞장섰다.

"무조건 먹어대지는 마. 눈치껏 주워 먹어야지, 안 그랬다간 초장에 쫓겨나."

여자애가 가면서 주의를 줬다.

곧 두 아이는 근처에 있는 백화점 마트에 들어갔다. 그날은 시식용으로 내놓은 음식이 하나도 없었다. 아이들은 마트 안을 이리저리 기웃거리며 돌아다녔다. 먹을 것 천지였다. 보이는 것마다 침을 삼키게 했다. 몇 번이나 주머니를 뒤져보았지만 10원짜리 동전 하나 나오지 않았다.

"야, 너네 뭐야? 당장 안 나가?"

무전기 같은 것을 든 남자 직원이 다가왔다. 두 아이는 도망치다시피 마트에서 빠져나왔다. 그러고는 건물 입구에 있는 정수기에서 종이 봉지에 물을 받아 벌컥벌컥 마셨다.

"누나, 그 영안실에 다시 가보면 안 될까?"

"거긴 이미 비었어."

"어떻게 알아?"

"여기 오래 있다 보면 저절로 알게 돼."

여자애가 뜻밖에 상냥하게 말했다.

"누나, 미안해."

"됐어. 날 구하느라 그랬는데. 아무튼 너 오늘 맘에 들었다."

여자애가 남자애 머리를 다시 거칠게 쓰다듬었다. 남자애는 하늘을 날 것만 같았다.

"누나, 내가 빵 훔쳐 올까?"

"됐네요. 그러다 너 정말 도둑놈 된다."

여자애가 말했다.

"맞아. 잘하면 돈을 벌 수 있어."

남자애가 갑자기 얼굴이 밝아지며 말했다.

"어떻게?"

여자애가 물었다.

"나만 따라와 봐."

남자애가 앞장을 서더니 한 건물로 들어가서 두리번거렸다. 그러고는 이내 자판기로 가서 동전 구멍에 손을 넣고 더듬었다. 아무것도 없었다.

"누나, 잘 찾아보면 잔돈이 떨어져 있어. 그걸 모으면 돼."

"어느 세월에. 앓느니 죽지."

여자애가 핀잔을 주었다. 그러나 남자애는 포기하지 않고 건물

마다 돌아다니며 자판기 구멍에 손을 밀어 넣었다. 처음에는 따라만 다니던 여자애도 어느새 열심히 자판기를 뒤졌다. 그렇게 몇 시간을 돌아다니니 주머니에 400원이 모였다. 하지만 그 돈으로는 빵 하나도 사 먹을 수 없었다. 그래도 주머니에 든 돈을 만지작거리는 남자애의 가슴은 뿌듯했다.

"내가 번 돈이야."

"벌기는, 주운 거지."

두 아이는 옥신각신하며 길을 걸었다. 어느새 또 하루가 지고 있었다.

아이들은 400원을 자판기에 넣고 코코아 한 잔을 뽑았다. 따뜻한 코코아가 입안에 들어오자 그렇게 달고 맛있을 수가 없었다. 코코아는 입안에서 눈 녹듯이 녹아내렸다. 두 아이는 자판기 옆에서 한 잔의 코코아를 번갈아 가며 마셨다. 이내 잔 바닥이 보였다.

"아, 맛있다."

남자애가 아쉬운 듯이 빈 잔을 거꾸로 엎어서 혀에 마지막 방울까지 떨어뜨리며 말했다. 그러고는 한참 동안 잔 속을 들여다보더니 이내 잔을 쓰레기통에 휙 던졌다. 잔이 쓰레기통에 부딪혀 밖으로 떨어졌다가 이어 지나가던 사람의 발에 밟혀 찌그러졌다.

두 아이는 아쉬운 마음을 달래려는 듯 자판기 옆에 쭈그리고 앉았다. 갑자기 할 일이 없었다.

아이들은 멍한 시선으로 앞을 보았다. 사람들의 발이 분주하게 오가고 있었다. 발 모양도 가지가지였다. 빨간 발, 까만 발, 높은 발, 낮은 발, 굽은 발. 두 아이는 어느새 그 발들을 유심히 살펴보았다.

"세명아!"

아이들이 한창 발에 정신을 팔고 있을 때 갑자기 누군가가 부르는 소리가 들렸다. 그 소리에 남자애가 깜짝 놀라 고개를 돌렸다. 엄마인 듯한 여자와 함께 가던 한 아이가 그 애를 쳐다보며 소리를 질렀다. 그걸 본 남자애는 벌떡 일어나 도망쳤다. 등 뒤에서 부르는 소리가 계속 들렸다. 여자애도 남자애를 따라 골목 사이로 달려갔다.

한참 만에 남자애가 걸음을 멈추었다. 곧 여자애가 따라왔다.

"누구야?"

"우리 반 친구. 망했다. 내가 여기 있는 걸 알면 경찰이 올지도 몰라."

"잘됐네 뭐. 잡히면 못 이기는 척 집에 가면 되지."

"싫어. 안 가."

"싫으면 가지 말든가."

여자애가 그 말을 하며 앞장서서 걸었다.

"니 이름이 세명이야?"

"응."

"성은 뭔데?"

"김세명. 누난?"

"그러고 보니 여태 이름도 모르고 지냈네."

그 말을 하며 여자애는 제 이름을 말하지 않았다. 남자애도 더이상 묻지 않았다. 알아도 별 소용이 없을 것 같았다. 어차피 여자애 이름은 그 애에겐 이미 "누나"였기 때문이다.

"가출이라고 하고선 겨우 집 근처 뱅뱅 도는 거였어?"

여자애가 힐끗 쳐다보며 말했다. 남자애는 아무 말도 하지 않았다. 그 얼굴에 희망과 근심이 동시에 어려 있었다.

두 아이는 어두운 거리를 돌아다녔다. 골목에서는 음식 냄새가 늦가을 풀잎에 내린 서리처럼 자욱했다. 먹자골목이었다. 가게마다 좁은 길가에 의자와 등근 플라스틱 식탁이 즐비하게 놓여 있었다. 그곳에 사람들이 모여 음식과 술을 먹고 마시며 소리를 질러댔다. 골목은 시끌벅적했다. 두 아이는 골목을 아무렇게나 돌아다니다가 빈 식탁이 보이면 재빨리 가서 남은 음식을 허겁지겁 먹어치웠다. 남자애는 아무리 먹어도 허기가 가시지 않았다.

"이 거지새끼들아!"

그들 뒤에서 여자의 앙칼진 목소리가 들렸다. 그러거나 말거나 두 아이는 낄낄거리며 뛰어갔다. 가다가는 뒤돌아서서 여자에게 입을 크게 벌려 소리는 내지 않고 욕을 하고는 도망쳤다. 재미있었다. 즐거운 하루였다.

늦은 저녁이 되어서야 아이들은 병원 지하 주차장으로 숨어들었다.

주차장에 들어선 순간, 두 아이는 어리둥절했다. 보금자리가 사라지고 없었다. 빈 상자들이 쌓여 있던 구석은 깨끗이 치워지고 그들이 깔고 잤던 스티로폼만 아무렇게나 뒹굴고 있었다.

두 아이는 당황해서 그 자리에 멈추었다. 지하 주차장은 막 깨어난 거대한 짐승의 아가리 속 같았다. 그 속에서 고약한 냄새가 스멀스멀 기어 나오고 있었다.

냄새 한가운데에 오뚝 선 두 아이는 잠시 막막했다. 시간이 너무 늦어 마땅한 잠자리를 찾아다닐 수도 없었다. 한참 두리번거리다가 여자애가 바닥에서 무언가를 주웠다. 빠닥빠닥한 노란 끈이었다.

"뭐 하려고?"

남자애가 쳐다보며 물었다.

"맨땅에서 잘 수는 없잖아. 잘 봐."

그 말을 하며 여자애가 한 승합차에 다가가더니 얼굴을 창에 대고 안을 들여다보았다. 그러고는 차 문 사이에 끈을 끼워서 아래위로 몇 번 움직였다. 곧 딸깍거리는 소리를 내며 차 문이 열렸다.

"우와, 신기하다."

"이 정도 갖고 뭘."

여자애가 으쓱했다.

"근데 누나 설마 그걸 타려는 건 아니지? 차 훔치면 큰일 나."

"겁은 많아서. 훔치긴 뭘 훔쳐. 차 안에서 자고 내일 새벽 일찍 내리면 돼."

"그러다가 주인이 오면 어떻게 해?"

"이 시간에 여기 세워둔 차는 밤엔 안 움직여. 들어와."

여자애가 먼저 차 안으로 들어갔다. 남자애는 밖에서 머뭇거렸다.

"싫으면 밖에서 혼자 자든가."

여자애가 차 문을 닫아버렸다. 그제야 남자애가 문을 열고 서둘러 안으로 들어왔다. 두 아이는 운전석을 지나 뒤로 갔다.

뒤쪽은 두 줄만 남기고 짐칸으로 개조되어 있었다. 선팅을 진하게 해서 밖에서는 안이 보이지 않았다. 운전석 뒷줄과 짐칸에는 온갖 상자와 물건이 어지럽게 쌓여 있었다. 두 아이는 그 짐 사이로 비집고 들어가 두 다리를 뻗고 누웠다.

"야, 호텔이 따로 없다."

여자애가 팔다리를 뻗으며 말했다.

"누난 호텔에서 자본 적 있어?"

"호텔? 당연하지. 별 다섯 개짜리 호텔에서도 자봤는데."

"호텔에서 자면 기분이 어떨까?"

"너 돈 많이 벌어야겠다. 호텔에서 자려면."

"난 돈 많이 벌 거야. 그래서 내가 누나 호텔에 재워줄게."

"니가 왜 날 호텔에 재워주는데? 웃기고 있어."

"그런가?"

그 말을 하며 남자애가 여자애를 쳐다보았다.

"누난 이름이 뭐야?"

"알아서 뭐 하게?"

"그냥. 내 이름은 가르쳐줬잖아."

"가르쳐주긴 무슨. 그냥 알게 된 거지."

두 아이는 잠시 아무 말 없이 누워 있었다.

"신소미. 내 이름이야."

"누나 이름 참 예쁘다."

"예쁘긴. 그래 봐야 이 꼴인데."

"누난 친구들 안 보고 싶어?"

"친구? 씹새들."

"누난 왜 집을 나왔어?"

"그냥. 집이 없으니까. 우리 집이 아니니까."

"그게 무슨 말인데?"

"넌 몰라도 돼. 아마 학교에 돌아가도 짤릴걸. 벌써 짤렸는지도 모르지."

남자애는 여자애의 말을 한마디도 못 알아듣겠다는 표정으로 쳐다보았다.

"그런 넌 집을 왜 나왔니? 공부도 잘하게 생겼는데."

여자애가 남자애를 힐끗 쳐다보더니 말을 돌렸다.

"그렇지? 나 공부 잘해. 시험만 쳤다 하면 100점이다. 재수 없으면 90점도 받고."

"잘났다. 그런데 왜 가출했어?"

"100점이 싫어서. 100점만 받아야 돼. 안 그러면 매를 맞아. 엄마한테."

"나쁜 여자네."

"누가?"

"니 엄마."

"그런 말 하지 마!"

남자애가 벌떡 일어나며 화를 냈다.

"꼴에 엄마 욕한다고 듣기 싫은 모양이지? 미안하다, 됐니?"

그 말에 남자애가 다시 드러누웠다.

"우리 엄마 아니야. 우리 엄만 이혼했어."

남자애가 변명하듯이 말했다.

"왜?"

"몰라. 맨날 아빠하고 싸웠어. 아빤 걸핏하면 엄말 두들겨 팼
어. 아빠 지금도 술만 먹으면 엄마 욕을 해. 바람이 나서 자식까
지 버렸대. 엄마가 없어지고 얼마 후 새엄마가 들어왔어. 난 절대
로 엄마라고 안 불러. 내 엄마가 아니야."

"못된 여자구나."

"누구? 새엄마? 아냐. 나한테 엄청 잘해줘. 진짜 엄마보다 더
잘해줘."

"아니. 니 진짜 엄마."

"누난 몰라."

"그래, 모른다. 됐니?"

여자애가 버럭 소리를 지르며 돌아누웠다.

"니 꼴이나 내 꼴이나. 그래도 그런 엄마 만난 걸 고맙게 생각

해라. 우리 집 엄마라는 인간은 맨날 욕질에다가 매질이다. 하긴 남의 새끼가 뭐 좋다고 이뻐하겠니. 남의 새끼 이쁘다면 그게 이상한 거지. 우리 엄만 내가 어릴 때 교통사고로 죽었다. 그리고 새엄마가 들어왔는데 아빠도 얼마 전에 죽어버렸다. 나만 졸지에 미운 오리 새끼가 된 거지. 아빠가 죽고 나니 지 자식이라고 둘이나 데리고 들어오는 거 있지. 내가 나가주니 아마 고마워 죽으려고 할 거다."

여자애 목소리에 갑자기 물기가 젖어들었다. 그런 여자애의 등 뒤로 남자애가 달라붙었다. 등에서 남자애의 따뜻한 체온이 느껴졌다.

"저리 비켜. 징그러워."

여자애가 소리를 질렀지만 남자애는 꼼짝도 않은 채 붙어 있었다. 그 애의 몸이 가늘게 떨고 있었다. 여자애는 모른 체 그냥 누워 있었다.

"내가 무슨 개야, 벌레야? 집에 불이라도 확 지르고 나와야 했는데."

여자애는 새삼 화가 치미는지 중얼거렸다.

생각할수록 세상이 얄궂기만 했다. 남자애 아버지는 제 자식을 개 패듯이 패고 친엄마는 바람이 나서 자식을 내팽개치고 새엄마는 아이를 끼고 돌고. 도대체 어른이란 게 뭔지 여자애는 잘 이해되지 않았다. 어떤 모습이 진짜 어른의 모습이고, 어떤 모습이 진짜 부모 모습인지 그려보려 해도 그려지지 않았다.

"하여튼 다들 개새끼들이야."

여자애는 결론을 내리듯이 한마디 내뱉었다.

3

몸이 흔들리고 있었다. 달마다 찾아오는, 몸에서 모든 것이 다 빠져나가는 듯한 그런 느낌이 진동과 함께 밀려왔다. 온몸의 피가 한곳으로 몰리고 머리가 하얗게 비는 듯했다. 그 느낌에 여자애는 자다 말고 화들짝 놀라 깼다. 한순간 자신이 어디에 있는지 깨닫지 못했다.

잠시 그대로 누워 있으니 조금씩 정신이 들었다. 깊이를 알 수 없는 호수 바닥으로 몸이 착 가라앉는 것 같았다. 그제야 여자애는 자기가 승합차에 타고 있다는 사실을 알아챘다. 차가 도로 위를 달리고 있는 것 같았다. 여자애는 조심스럽게 몸을 들어 창밖을 내다보았지만, 낮인지 밤인지조차 분간이 가지 않았다. 당황스러웠다.

차 안에는 음악이 요란하게 틀어져 있었다. 귀청이 찢어질 것 같은 소리였다. 간혹 운전석에서 흥얼거리는 거친 소리가 음악 소리에 묻어왔다. 그 소리에 여자애의 심장이 마구 뛰었다. 다행히 그 소리 때문에 여자애의 존재가 운전사에게 들키지 않았다.

여자애는 조용히 남자애의 입을 틀어막은 채 흔들었다. 남자애가 잠시 몸을 뒤틀다가 눈을 뜨고는 어리둥절한 표정으로 여자애를 쳐다보았다.

"쉿, 조용히 해. 차가 움직이고 있어."

여자애가 남자애 귀에 입을 바싹 가져다 대고 말했다. 뜨거운 입김이 남자애 얼굴에 그대로 와 닿았다. 몸을 일으키려고 했지만 여자애가 누르고 있어서 꼼짝도 할 수 없었다. 남자애는 잠시 동안 극심한 불안감에 사로잡힌 채 눈만 두리번거렸다. 그사이 승합차의 미세한 진동이 남자애에게 느껴졌다. 남자애의 심장이 거칠게 뛰었다.

"일단 가만히 누워 있자. 알았지?"

여자애가 다시 속삭였다.

그 말에 남자애가 고개를 끄덕였다. 그제야 여자애는 남자애의 입을 틀어막고 있던 손을 치우고는, 긴장이 풀어진 듯 그대로 푹 쓰러졌다.

여자애가 곧 조심스럽게 몸을 움직여 창가에 바싹 다가가 누웠다.

고속도로 위인 듯 차는 일정한 속도로 달리고 있었다. 귀를 기울이자 음악 사이로 차들이 빠르게 스쳐 지나가는 소리가 이따금 들렸다. 쇠가 갈리는 소리 같았다. 때로는 바람 소리 같기도 했다. 여자애는 문득 밖에 비가 오고 있을지도 모른다고 생각했다. 차가 빗길을 달리는 소리 같기도 했다.

"비가 오는지도 몰라."

여자애가 속삭였다. 그 말에 남자애는 고개만 끄덕였다. 몸이 굳어 꼼짝도 할 수 없었다. 온몸이 마비된 것 같았다. 영원히 멈출 수 없는 블랙홀이란 것에 빠져든 듯한 두려움이 몰아닥쳤다.

블랙홀은 한 우주에서 다른 우주로 가는 상상의 통로라고 선생님이 설명해준 기억이 났다. 언젠가 본 영화에서는 다른 우주로 갈 때 주인공이 거대한 빛의 터널 같은 곳으로 엄청난 속도로 빨려 들어갔다. 그러더니 주인공은 마침내 상상도 할 수 없는 전혀 다른 세계에 내던져졌다.

어느새 차의 속도가 줄어들더니 거의 멈출 듯하다가 다시 속도가 높아졌다.

"톨게이트야."

여자애가 속삭였다.

곧 차는 시내에 들어선 듯이 섰다 달렸다를 반복했다. 여자애가 몸을 반쯤 들어 다시 조심스럽게 창밖을 내다보았다. 시내 도로였다. 신호를 기다리는 듯했다.

두 아이는 숨을 죽인 채 누워 있었다. 어디인지 전혀 짐작이 가지 않았다. 어딘가 낯선 곳에 떨어진 것 같았다. 이대로 자신들과 익숙한 세계에서 완전히 벗어나, 전혀 낯선 외계에 떨어질 것만 같은 두려움이 두 아이를 괴롭혔다. 두 아이의 숨소리가 거칠게 났다. 남자애는 여자애 곁으로 바싹 다가갔다. 울음이 터질 것만 같았다.

차가 다시 움직였다. 밖에서 빵빵거리는 차들의 소음이 희미하게 들려오고 있었다. 차는 이내 다시 섰다 달렸다를 반복하더니, 마침내 도로를 벗어나 어디론가 들어가고 있었다.

"주유소야. 운전사가 내리면 뛰는 거다, 알았지?"

여자애가 남자애에게 속삭였다. 그 말에 남자애가 고개를 주억거렸다.

잠시 후 차가 주유기 앞에 멈추었다. 곧이어 시동이 꺼지고 운전사가 내렸다. 운전사는 주유소 직원에게 뭐라고 이야기하더니 화장실에 들르는지 건물 안쪽으로 가고 있었다. 그때 여자애가 차 문을 열었다.

두 아이는 동시에 차에서 내려 도로를 향해 달렸다. 주유원이 주유를 하다 말고 놀라서 쳐다보았다. 그사이 두 아이는 인파 속으로 들어갔다.

아직 새벽이었지만 이미 도로에는 차들이 넘치고 있었다. 두 아이는 무엇엔가 쫓기듯이 이따금 뒤를 힐끔거리며 계속 걸었다. 당장에라도 누군가가 뒤에서 목덜미를 낚아채지나 않을까 두려웠다.

한참 가다가 두 아이는 누가 먼저랄 것 없이 도로 한편에 주저 앉았다. 아직 문을 열지 않은 가게 앞이었다. 잠시 주위를 두리번거렸지만 어디가 어디인지 통 알 수 없었다.

"여기가 어디야?"

"난들 알 게 뭐야."

남자애가 묻는 말에 여자애가 시큰둥한 목소리로 말했다.

남자애는 악당에게 납치되었다가 극적으로 탈출했다는 생각이 들었다. 그런 생각이 드니 기분이 좋아졌다.

"누나, 그 운전사 아저씨 우릴 납치하려는 악당이 아닐까?"

"소설을 써라."

여자애가 퉁명스럽게 말했다.

"누가 알아? 정말 악당일지? 왜 만화 같은 데 보면 그런 거 나오잖아. 악당이 아이들을 잡아가면 아이들이 용감하게 탈출하는 거. 우린 악당 소굴에서 마침내 탈출한 거야. 우린 용감한 녀석들이야."

남자애는 혼자 신이 나서 떠들었다. 그러나 여자애가 반응을 보이지 않자 남자애도 이내 심드렁해졌다.

잠시 그대로 앉아 주위를 둘러보는 사이, 거리가 아이들 눈에 조금씩 들어왔다. 두 아이는 낯선 풍경을 두려움과 호기심 어린 표정으로 연신 두리번거렸다. 그러다가 여자애가 남자애의 어깨를 툭 치며 일어났다. 두 아이는 거의 동시에 일어나 느긋하게 걸었다. 남자애는 어느새 걱정이 사라진 듯 다시 명랑한 표정이 되어 장난을 쳤다.

"악당은 물러가라. 얏!"

남자애는 어디서 주웠는지 막대기 하나를 들고서 적을 공격하는 동작을 취하며 소리를 질렀다.

"하여튼 속이 편해서 좋기도 하겠다."

여자애가 그런 남자애를 보고 한마디 했다. 남자애는 여자애의 말은 무시한 채 혼자 장난을 치며 걸었다. 그사이 여자애는 간판을 유심히 살폈다. 간판만 봐서는 어디인지 알 수 없었다. 가끔 '인천'이라는 글자가 눈에 띄었다.

"어쩌면 인천인지도 모르겠다. 간판에 그렇게 씌어 있잖아."

마침내 여자애가 말했다.

"누난 인천에 와본 적 있어?"

남자애가 인천이라는 말에 장난치다 말고 여자애를 쳐다보며 물었다.

"없어."

여자애가 짧게 말했다.

"어떻게 돌아가지?"

"그거야 간단하지. 지하철을 타. 지키는 사람도 없잖아."

그 말에 남자애는 아하 하는 표정을 지었다.

"누나 무지 똑똑하다."

"똑똑하긴. 니가 맹한 거지."

"누나, 그럼 우리 지금 지하철 찾아가는 거야?"

"가고 싶으면 혼자 가."

"그게 무슨 말이야, 누나?"

"우리말도 못 알아듣냐? 공부도 잘한다며?"

여자애가 다시 신경질적으로 말했다.

"난 안 가. 잘됐지 뭐. 이 기회에 아무 데나 막 돌아다녀야겠다. 서울에만 갇혀 살아 답답했는데."

여자애가 말했다.

그 말에 남자애가 잠시 생각에 잠긴 듯이 걸었다.

"맞아, 누나. 신날 것 같아. 아무 데나 돌아다니자. 우리나라 다 가보자. 제주도까지 가자."

"어쭈, 요것 봐라. 아예 나한테 빈대 치려고 작정을 했네."

여자애가 남자애를 쳐다보며 말했다. 그 말에 남자애가 여자애 앞에 서더니 다시 말 춤을 췄다. 그걸 보고 여자애가 웃었다.

"배가 부르니 가출이지."

"누나, 우리 간판 찾기 놀이할까?"

남자애는 여자애의 핀잔에도 아랑곳없이 말했다.

"그게 뭔데?"

"정하기 나름이지. 간판 이름에서 끝 자를 맞춰도 되고 꼬리말 잇기를 해도 되고, 아니면 식당 이름만 찾아도 되고."

"됐네요. 너 혼자 해라."

여자애가 관심 없다는 듯이 말했다. 그러자 남자애는 걸어가면서 혼자 간판 이름을 하나씩 읽어댔다. 남자애는 집요한 데가 있었다. 지치지도 않고 간판 이름을 불렀다.

"시끄러. 할 일 없으면 그냥 조용히 걸어. 아니면 혼자 걷든가.

아침부터 무슨 청승이라고 간판은 외워대?"

여자애가 사납게 말했다. 그러나 남자애는 지지 않았다.

한참 만에 남자애가 말했다.

"누나, 내가 간판 이름을 100개 셌는데 그중에 식당이 몇 갠 줄 알아? 서른세 개야. 제일 많아. 사람들은 맨날 먹기만 하나 봐."

"그럼 먹으려고 살지, 굶어 죽으려고 살아?"

"그런 건 아니지만."

남자애가 말끝을 흐렸다.

"나도 근사한 데서 외식 한번 해봤으면 좋겠다. 친구들은 생일이나 어린이날 같은 때면 뷔페에서 외식한다고 자랑하던데."

"넌 못 가봤어?"

여자애가 흘끗거리며 물었다.

"응. 가끔 중국집이나 분식집에는 가봤지만. 돼지갈비하고 삼겹살도 먹어봤다."

"왜 못 갔는데?"

"아빤 지방을 돌아다니며 공사장에서 일해. 한 달에 몇 번만 집에 들어와. 집에 있을 때는 맨날 술만 마셔. 기분 나쁘면 버럭 화를 내고. 그것 땜에 엄마하고 걸핏하면 싸워."

"엄마한테 사달라고 하면 되잖아."

"그런 말은 절대 못 해. 돈 없다고 난린데 어떻게 그래. 맨날 공부 열심히 하라는 말뿐이야. 이다음에 출세하면 하고 싶은 대로 다 할 수 있다면서."

"그런 좋은 엄마 두고 가출하면 벌 받는다."

여자애가 부러운 눈으로 남자애를 바라보며 말했다.

"벌 받아도 상관없어. 엄만 공부밖에 몰라. 내 엄마도 아니면서 꼬박꼬박 엄마 노릇 하려고 해. 그런다고 누가 엄마라고 부를 줄 알고."

남자애가 고집 세게 말했다.

두 아이는 시내를 아무렇게나 돌아다녔다. 그사이 출근 시간이 되어 사람들이 거리에 밀려들기 시작했다. 중심가인지 사람들이 쏟아져서 나란히 걷기 힘들었다.

아이들은 인파에 밀려 이따금 갈라지고 헤어지면서 걸었다. 여자애가 곁에서 떨어질 때마다 남자애는 주위를 두리번거리며 불안하게 걸었다. 혹시 여자애가 자기를 그곳에 버려두고 가버릴지 모른다는 두려움이 몰려들었다. 그러나 그때마다 여자애는 아이를 기다리거나 찾았다.

그러다가 결국 남자애는 여자애를 놓쳐버렸다. 잠시 딴생각을 하는 사이, 인파에 밀려 뒤로 처지고 말았다. 놀란 남자애는 주위를 마구 헤치며 돌아다녔다. 여자애는 흔적도 없었다. "누나" 하고 소리를 질렀지만 소용없었다. 여자애가 결국 자기만 남겨두고 도망친 것인지도 몰랐다. 어느 날 엄마가 소리도 없이 사라진 것처럼 말이다. 학교에서 돌아와 활짝 열린 장롱 속이 텅 빈 것을 확인하던 순간, 아이의 영혼에서는 무엇인가가 부서졌다. 그 순간 남자애는 공포에 사로잡혀 그 자리에 굳어졌다.

당황한 남자애는 허둥거리며 돌아다녔다. 무서워서 울음이 터져 나올 것만 같았다. 가슴이 쿵쾅거리며 뛰고 온몸에 땀이 났다.

아무리 찾아도 없자 남자애는 혹시나 하는 마음으로 다시 헤어진 곳으로 더듬어 돌아갔다. 그때 누군가가 뒤통수를 때렸다. 획 돌아보니 여자애였다.

"딱 붙어 다니랬잖아!"

여자애가 남자애에게 소리를 질렀다. 그 얼굴에는 기쁨이 가득했다. 남자애는 여자애를 보자 와락 달려들었다. 아무 말도 나오지 않았다. 여자애가 남자애의 손을 꽉 잡았다.

그사이 아침 시간이 훌쩍 지나 있었다. 안도의 숨을 쉬고 나니 남자애는 갑자기 배가 고팠다. 놀라고 지쳐서 꼼짝도 할 수 없었다. 손발이 떨리기까지 했다. 여자애는 그런 남자애의 상태를 재빨리 눈치챘다. 하지만 낯선 도시에서 먹을 것을 구할 방도가 없었다. 까딱 잘못하다가는 종일 굶어야 할지 모른다는 불안감이 두 아이에게 밀려들었다.

곧 두 아이는 대형 풍선 아치가 걸린 시장 골목으로 들어섰다. 가게마다 음식이 즐비했다. 코끝을 자극하는 냄새에 머리가 어지러웠다.

"내 말 잘 들어. 내가 계산하는 아줌마하고 소란을 피우는 동안 넌 먹을 걸 챙겨서 적당히 빠져나가, 알았지?"

여자애가 가다 말고 한 마트 앞에 서더니 남자애에게 말했다.

"나보고 도둑질하라는 거야? 싫어."

"짜샤, 전에는 잘해놓고 이제 와서 웬 딴소리야."

"그래도 싫어."

"아침 굶을 거야? 이건 도둑질이 아니야. 잠시 빌리는 거지. 배가 고플 땐 잠시 빌려 먹어도 잘못이 아니야. 생각해봐. 굶어 죽게 생긴 사람이 먹을 걸 조금 빌리는 게 잘못이야? 그냥 굶어 죽는 게 옳은 거야? 나중에 출세하면 다 갚아. 그러면 되잖아."

여자애가 목소리를 낮춰 자못 진지하게 말했다.

"그래도."

"그래도 뭐? 싫으면 관둬. 대신 내가 빌려온 걸 얻어먹을 생각은 절대로 하지 마. 그리고 서울로 돌아가든 말든 니 마음대로 해."

그렇게 말하고 여자애는 혼자 마트 안으로 들어섰다. 남자애도 서둘러 따라 들어갔다. 여자애는 이것저것 장바구니에 집어넣더니 곧 계산대로 갔다. 계산이 끝나고 계산원이 돈을 달라고 하자, 여자애는 아까 줬다고 우기기 시작했다.

"조금 전에 여기 만 원짜리 두 장 놔뒀잖아요."

"무슨 소리야."

계산원이 당황해서 말했다.

"이 아줌마 날도둑이네."

여자애가 거칠게 말했다. 그 말에 화가 난 계산원이 여자애에게 소리를 질렀다. 여자애도 뒤질세라 나오는 대로 욕설을 퍼부었다.

갑작스러운 소란에 쇼핑을 하던 사람들이 놀라 계산대 쪽으로 고개를 돌렸다. 몇몇 사람은 슬금슬금 계산대로 몰려들었다. 밖에서 일하던 다른 직원들도 들어왔다. 이내 계산대 주변은 북새통이 되었다. 그러는 사이 남자애가 밖으로 빠져나왔다. 그걸 본 여자애가 바구니에 주워 담았던 물건을 계산대 위에 다시 쏟아놓으며 소리를 질렀다.

"안 사. 재수 없어. 내 돈 떼먹고 가만두나 봐라. 경찰 불러올 거야."

그 말을 하고는 여자애가 밖으로 나왔다.

"뭐 저런 기집애가 다 있어."

계산원이 물건을 주워 담으며 소리쳤다. 계산대 옆에 있던 사람들도 모두 여자애의 행동에 어이없다는 표정이었다.

그사이 여자애는 거리를 두고 남자애를 따라갔다. 그리고 마트에서 멀어지자 얼른 골목길로 들어가 이리저리 달려 마침내 한 건물 뒤 빈터에 쭈그리고 앉았다.

"가져온 것 내봐."

여자애가 말했다.

남자애가 주머니에서 이것저것 꺼냈다. 빵과 과자와 음료수가 쏟아져 나왔다.

"어지간히도 많이 빌렸네. 언제 다 갚냐?"

여자애가 히죽 웃으며 말했다. 둘은 곧 빵과 우유를 먹고 마셨다.

"미안하다. 이런 걸 시켜서."

여자애가 먹다 말고 정색하면서 말했다.

"하지만 이 방법밖엔 없었어."

그 말에 남자애가 갑자기 울컥했다. 아이는 애써 말을 돌렸다.

"누나, 이제 어떡할 거야? 서울로 돌아가."

"싫어. 안 가."

"안 가면 어떡할 건데?"

"말했잖아. 난 돌아다닐 거야. 바다도 보고 섬도 보고 산도 보고 볼 수 있는 건 다 볼 거야. 돌아간다고 뭐 좋은 수가 있는 것도 아닌데."

"뭐, 바다? 진짜 바다에 갈 거야?"

바다라는 말에 남자애가 갑자기 소리를 질렀다.

"왜 바다가 보고 싶어?"

"응, 여태 한 번도 못 가봤어. 당장 가자."

"서울에 가자면서?"

"가더라도 바다는 보고 가야지. 서울은 저녁에 갈까? 아니면 내일 갈까?"

남자애가 들떠서 말했다.

"하여튼 사내짜식이 변덕은."

"그런데 누난 바다가 어딨는지 알아?"

"똑똑한 너도 모르는데 내가 어떻게 알아?"

"그러면 어떻게 찾아가?"

"입은 됐다 어디 쓸 건데?"

"맞아, 누난 똑똑해. 누나, 당장 가자."

말을 마친 남자애가 일어서려고 했다.

"먹었으면 좀 쉬었다 움직이자. 남아도는 게 시간인데."

그 말을 하며 여자애가 바닥에 길게 드러누웠다. 남자애도 그 곁에 따라 누웠다. 어디선가 음식물 썩는 냄새가 났다. 여자애가 두리번거리니 한구석에 음식물 통이 놓여 있었다. 그 옆 바닥에는 오물이 끈적하게 말라붙어 있었다. 여자애는 그걸 흘끔 보더니 귀찮은 듯이 고개를 돌렸다. 긴장이 풀렸는지 금방 잠이 밀려들었다. 어느새 여자애는 잠이 들었다. 그 곁에서 남자애도 잠이 들었다.

한참 자는데 누군가가 깨우는 소리가 들렸다. 두 아이는 동시에 눈을 떴다. 경찰이 쳐다보고 있었다. 아이들은 화들짝 놀랐다. 심장이 미친 듯이 뛰기 시작했다.

두 아이는 경찰의 손짓에 일어났다.

그 여자가 찌른 거야?

여자애는 그 생각부터 했다. 물으면 뭐라 둘러대야 할지 생각이 나지 않았다. 그때 한 여자가 뒷문 너머로 잠시 지켜보더니 여자애와 눈길이 마주치자 얼른 문을 닫았다.

"왜 여기서 자고 있어? 집은 어디야?"

경찰이 물었다. 두 아이는 아무 말도 하지 않고 발로 땅바닥만

긁어댔다.

"니들 가출했지?"

그 말에도 두 아이는 대꾸하지 않았다.

"이것들은 다 어디서 났어?"

경찰이 바닥에 늘어져 있는 음식을 발로 툭툭 차며 물었다.

"훔친 거지?"

"아네요. 돈 주고 샀어요."

남자애가 당황해서 얼떨결에 말했다.

"돈 어딨어? 내놔봐."

"다 썼어요."

"어디서 샀어?"

"저어기 슈퍼에서요."

여자애가 말했다.

"어느 슈퍼? 한번 가보자."

그렇게 말하고 경찰이 앞장서서 걷기 시작했다. 그 말에 두 아이의 심장이 쿵 하고 떨어졌다. 눈앞이 노래지고 다리가 후들거렸다.

두 아이는 몇 발자국을 따라가며 서로 눈짓을 하더니 갑자기 경찰을 확 밀고는 도망쳤다. 엉겁결에 뒤에서 밀린 경찰은 휘청거리며 쓰러졌다. 그사이 두 아이는 죽어라 달렸다. 경찰은 잠시 따라가다가 이내 포기하고 돌아갔다.

도망치는 두 아이 뒤로 멀리서 경찰차의 사이렌 소리가 요란하게 들렸다. 그 소리에 두 아이는 더 죽을힘을 다해 도망쳤다. 사이렌 소리가 그들에게서 멀어져가고 있었다.

두 아이는 다시 한번 골목 모퉁이에 주저앉아 숨을 골랐다. 심장이 미친 듯이 뛰었다. 주저앉아서 쌕쌕거렸지만, 숨이 좀처럼 가라앉을 것 같지 않았다.

"심장이 목으로 튀어나오려고 해."

남자애가 거칠게 숨을 쉬면서 말했다.

"널 만나고는 맨날 도망질이야."

여자애가 그 말을 받아 남자애에게 핀잔을 주었다.

"그게 왜 내 탓인데?"

"그러면 누구 탓인데? 내 탓이야?"

"그런 건 아니지만."

"하여튼 도움이 안 돼요."

"그래도 빵은 내가 빌려왔잖아."

"그래, 잘했다. 아무튼 경찰을 조심해야 돼. 경찰이 부르면 무조건 도망쳐."

"잡히면 어떻게 되는데?"

"보호소에 끌려가. 아니면 몰래 팔아먹을지도 몰라."

"경찰이 사람을 팔아먹는다고? 거짓말."

남자애가 말했다.

"거짓말인지 아닌지는 한번 잡혀봐라. 그나저나 아까운 음식을 다 잃어버렸네. 그 자리에 다시 가보자. 어쩌면 아직 있을지도 몰라."

"경찰한테 잡히면 어쩌려고?"

"가는 소리 못 들었어?"

그 말을 하며 여자애가 앞장섰다.

곧 두 아이는 조심스럽게 왔던 길을 돌아갔다. 다행히 음식이 그대로 뒹굴고 있었다. 두 아이는 닥치는 대로 음식을 주머니에 쑤셔 넣고는 얼른 그 자리를 떴다.

어느새 해가 중천에 가까워 있었다.

두 아이는 거리를 어슬렁거리다 한 아파트 단지에 다다랐다. 단지 안을 이리저리 돌아다니는데 자전거 보관소가 앞에 보였다. 자전거가 즐비했다.

"맞아!"

여자애가 갑자기 소리를 질렀다.

"너 자전거 탈 줄 알지?"

"응."

"그러면 주인 없는 자전거를 빌려 타고 바다로 가자."

그 말에 남자애가 신이 나서 고개를 끄덕였다.

두 아이는 주위를 두리번거리더니 묶이지 않은 채 방치되어 있는 자전거 두 개를 골랐다. 오래 방치해서 녹이 슬어 있었다. 버린 자전거 같았다. 둘은 그 자전거들을 하나씩 꺼내 얼른 올라탔다. 지나가던 사람들이 힐끗 쳐다보고는 그냥 지나쳤다. 두 아이는 이내 자전거를 타고 도로로 나왔다.

"누나, 이 자전거는 빌린 거지?"

"그래. 버린 자전거를 타주니 자원 재활용한 거지."

"그러면 우리 좋은 일 한 거네. 상 받아야겠다."

그 말을 하며 두 아이는 큰 소리로 웃었다.

아이들은 힘차게 자전거 페달을 밟았다. 시내에서 자전거를 타기란 곡예를 하는 것 같았다. 두 아이는 인도와 차도를 오가면서 자전거 페달을 마구 밟았다. 그들이 지나갈 때마다 사람들이 놀라서 옆으로 비키거나 고함을 지르고, 차들은 경적을 울려댔다.

"야!"

화가 난 한 운전사가 창밖으로 얼굴을 내밀고 고함을 질렀다. 그런 그를 향해 두 아이는 주먹을 휘두르고는 달아났다. 그때마다 신이 났다.

두 아이는 서로 뒤질세라 앞뒤 번갈아 가면서 페달을 밟았다. 거리 풍경이 주마등처럼 언뜻언뜻 스쳐 지나갔다. 거리 모습이 조금씩 변해갔지만, 전혀 의식하지 않았다. 아이들의 머릿속에는 바다만 있었다. 그러나 바다는 좀처럼 그들에게 모습을 드러내지 않았다.

마침내 멀리서 바다 냄새가 풍겨왔다. 콧구멍으로 비릿한 냄새가 스며들자 아이들은 더욱 세게 달렸다. 세상에 거칠 것이 없었다. 무한한 자유와 해방감이 두 아이를 사로잡았다. 자전거 위에만 있으면 아무것도 두려울 게 없었다. 어디든 그들이 원하는 곳으로 갈 수 있었다.

멀리 부두가 보이고 그 너머로 바다가 보였다. 바다를 본 아이들은 그곳을 향해 서로 지지 않겠다는 듯이 전속력으로 달렸다. 곧 아이들은 방파제에 도착했다. 먼저 도착한 여자애가 자전거를 내던지다시피 팽개치고는 방파제 끝으로 달려가 마구 고함을 질렀다.

그제야 남자애가 달려오더니 자전거를 그대로 내던지고 여자애 옆에 서서 소리를 질렀다.

"얏호!"

두 아이는 고함을 지르고는 서로 쳐다보며 낄낄거렸다. 방파제 여기저기서 낚시를 하고 있던 사람들이 아이들을 흘낏흘낏 보며 이맛살을 찌푸렸다.

저 멀리 백사장이 보였다.

"저기 가자."

남자애가 백사장을 손가락으로 가리키며 여자애에게 말했다.

"좋았어."

여자애가 소리를 지르며 자전거로 달려갔다. 남자애도 뒤질세라 자전거에 몸을 실었다.

방파제에 부딪친 자전거 소리가 사르륵거렸다. 그 소리를 들으며 두 아이는 방파제 길을 따라 페달을 마구 밟았다. 세상은 온통 그들 것이었다.

방파제에서는 가까워 보이던 백사장이 생각보다 꽤 멀었다. 두 아이는 이내 숨이 턱에 닿았다. 그러나 아랑곳하지 않고 계속 달렸다.

여자애의 머리카락이 바람에 날렸다. 뒤따라가던 남자애는 그 머리카락을 보며 엄마를 생각했다. 갑자기 엄마가 와락 보고 싶었다. 한 번도 엄마라고 불러보지 않았다.

어느 날 엄마가 집을 나간 후, 그 여자는 엄마라면서 안방을 차지하고선 아이에게 엄마 행세를 했다. 낯 씻어라. 밥 먹어라. 숙제해라. 공부해라. 학원에 가라. 허짜래기 같은 서투른 말로 끝없는 잔소리가 이어졌다. 숨을 쉴 틈이 없었다. 그 여자는 아이를 손아귀에 쥐고 질식시키려는 듯했다.

자, 이게 엄마야.

그 여자는 아이에게 마치 그렇게 자기가 엄마라는 사실을 증명하려는 듯했다.

그런 여자에게 남자애는 뻗댔다. 반항의 표시로 몇 번 집을 나갔다. 그러나 매번 하루를 제대로 못 넘기고 돌아왔다. 번번이 친구 집에 갔다고 말을 돌렸다. 아빠는 아이에게 관심이 없었다. 한 달에 몇 번 얼굴 보기도 힘들었다. 진짜 엄마 생각은 하기도 싫었다. 그 여자에게 끌리면서도 그것을 인정하기 싫었다.

가까워 보이던 백사장이 한참 멀었다. 반시간은 족히 달린 것 같았다. 마침내 백사장이 눈앞에 나타났다. 그곳에 닿자 두 아이는 물에 뛰어들었다. 서늘했다.

두 아이는 이내 물속에서 뒹굴었다. 서로 물을 끼얹으며 깔깔거렸다. 여자애가 남자애 머리를 물속에 집어넣고 눌렀다. 그 순간 남자애는 빠져 죽을지도 모른다는 공포에 사로잡혀 미친 듯이 온몸을 버둥거렸다. 물도 한 모금 들이마셨다. 숨이 턱에 닿고 가슴이 터질 것만 같았다. 그제야 여자애가 남자애의 머리를 들어 올렸다.

물 밖으로 나오자 막혔던 숨이 거칠게 터져 나왔다. 남자애는 숨을 꺼억 내쉬며 입에서 물을 토했다. 그걸 본 여자애가 당황해서 남자애를 물 밖으로 끌어내 등을 두드렸다. 남자애는 곧 정신을 차렸다. 두 아이는 그대로 백사장에 널브러졌다.

"죽일 생각이야?"

남자애가 화가 나서 말했다.

"미안해. 재미있으라고 한 일인데. 물 먹었어?"

"죽는 줄 알았잖아."

"죽는 게 무섭긴 무서운 모양이구나."

"그러면 누난 안 무서워?"

"무서울 게 뭐 있어. 죽어봐야 무서운 걸 알지. 안 죽었는데 어떻게 알아. 어른들이 하는 말은 뭐든지 믿으면 안 돼. 다 뻥이야."

여자애는 그 말을 하고는 팔베개를 한 채 하늘을 쳐다보았다. 초가을 하늘은 어느 때보다 푸르고 높았다.

엄마 아빠 죽을 때 어땠을까?

여자애는 문득 생각했다.

무서웠을까? 죽을 때 무슨 생각을 했을까? 내 생각을 했을까?

다시 태어난다면 그래도 엄마 아빠를 선택할까?

여자애는 계속 생각했다. 그러나 다시는 태어나고 싶지 않았다.

아빠는 엄마가 죽자마자 기다렸다는 듯이 재혼을 했다. 새엄마가 들어온 순간, 아빠는 더 이상 아빠가 아니었다. 이젠 엄마와 아빠 사이에서 잘 수도 없었다. 아빠와 장난을 치고 이야기를 나눌 수도 없었다. 아빠는 새엄마가 차지했다. 그마저 새엄마와 아빠 사이에 아이가 태어나면서 아빠의 관심은 여자애에게서 완전히 멀어졌다.

어쩌면 어린 시절 기억 속의 아빠는 가짜일지도 몰라. 지금 내 마음도 못 믿는데 어떻게 기억을 믿어?

여자애는 새삼 그런 생각을 했다.

마음속에서 아빠를 떠나보내던 날, 무엇인가가 몸속에 파고든 벌레처럼 여자애의 영혼을 갉아먹었다. 설명할 수 없는 통증이 가슴을 파고들었다. 그리고 어느 날 문득 돌아보니 여자애에게는 텅 빈 껍데기만 남아 있었다. 아빠는 그런 여자애를 사사건건 못마땅한 눈으로 쳐다보고 잔소리를 했다. 새엄마보다 더 미운 게 아빠였다.

그런 아빠마저 죽고 나니 그 집은 여자애와는 아무 관련이 없는 남의 집이 되었다. 새엄마의 자식들이 어느새 그 집에 와서 살았다. 여자애는 그들과 이상한 동거를 했다. 대학생이라는 아들의 눈빛은 하이에나 같았다. 그 눈을 볼 때마다 여자애는 질겁했다. 그 눈이 여자애를 집요하게 따라다녔다. 아무에게도 이야기할 수 없었다.

아빠는 왜 그렇게 죽었을까?

여자애는 생각했다. 수없이 되새긴 물음이었다. 그러나 끝내 아무런 대답도 얻을 수 없었다.

그 지독한 이기심.

단 한 번이라도 날 생각했다면 그러지 못했을 텐데.

그 생각에 여자애의 온몸에 소름이 지나갔다. 그 소름 사이로 미움이 부글거렸다. 그런 아빠에게 사랑받으려고 애쓴 자신이 혐오스러웠다.

아빠가 뭐라고 인정받고 싶어서 그렇게 안달을 했을까? 매달리고 위협하고 반항하고 대들고 울고, 할 것은 다 해보았다.

자꾸 떠오르는 그런 생각에 여자애는 피식 웃음이 났다.

두 아이는 누워서 하늘을 쳐다보았다. 하늘에 가벼운 바람이 지나가고 있었다. 여자애는 노래를 흥얼거렸다. 남자애가 모르는 노래였다. 남자애는 그 노래에 귀를 기울였다. 왠지 슬퍼졌다. 노랫소리 사이로 파도 소리가 밀려들었다.

"누나, 심심해."

남자애가 말했다.

"나도 그래."

"배고파."

"나도 그래."

여자애가 말했다.

"밥 먹자."

"그러자."

여자애가 말했다. 그렇지만 아무도 움직이지 않았다. 꼼짝하기가 귀찮았다.

두 아이에게 서서히 한기가 몰려들었다. 아이들은 몸을 일으켜 씻을 만한 곳을 찾아 두리번거렸다. 바닷가 한쪽에 무료 샤워장이 있었다. 둘은 그곳으로 갔다. 남자 샤워장은 물이 나오지 않았다. 아이들은 교대로 여자 샤워장에서 몸을 씻고 더러운 옷도 대충 빨았다. 그러고는 다시 백사장으로 나왔다.

"짜식. 생각보단 잘생겼네."

여자애가 남자애를 쳐다보며 말했다.

"누나도."

"나 정도면 뭐. 꼴에 눈은 높아가지고."

여자애가 웃었다.

두 아이는 잠시 서로의 얼굴을 쳐다보았다. 서로의 얼굴에 비친 자신의 모습을 찾는 것 같았다. 남자애 눈에서는 여자애가, 여자애 눈에서는 남자애가 반짝이고 있었다.

두 아이는 백사장에 쭈그리고 앉아 입은 채로 옷을 말렸다. 그나마 샤워를 하고 나니 몸이 개운했다. 남자애는 가출한 후 처음 샤워를 했다. 와락 집이 그리워졌다.

"누나, 내가 잘못한 거야?"

"뭐가?"

"그냥 다."

"그렇게 말하면 내가 어떻게 알아. 하나씩 이야기해봐."

"가출한 거."

"잘했어."

"새엄마를 엄마라고 안 한 거."

"잘했어."

"아빠에게 욕하고 대든 거."

"정말 잘했어."

그 말에 두 아이는 웃었다.

"집에 가면 아무도 날 안 기다리겠지? 집 나온 지 사흘이나 됐는데 아무도 안 찾는 거 보면 말이야. 엄마하고 아빤 내가 없어져서 속이 시원하다고 생각하겠지? 누나?"

"그렇지. 너 같은 애 없다고 누가 슬퍼할 줄 알아? 꿈 깨라. 학교에서도 벌써 짤렸을걸."

"진짜야?"

남자애가 놀라서 여자애를 쳐다보며 물었다.

"거짓말인지 아닌지는 전화해보면 되잖아."

"배터리가 떨어졌어."

"그러면 됐네."

"집에 가면 아빠한테 맞아 죽을지도 몰라. 우리 아빤 무지 무서워. 화가 나면 아무거나 들고 마구 때려."

"그런 아빠 없는 게 나아."

"누나 아빠 안 그랬어?"

"없는데 내가 어떻게 알아."

"그전에 말이야."

"몰라, 상관없어. 옛날에 좋았든 죽일 놈이었든 무슨 상관이야. 어차피 없는데."

"엄마가 보고 싶어."

"보고 싶으면 가면 되잖아."

"겁이 나. 날 싫어할까 봐. 내가 돌아온 걸 싫어할까 봐."

"그러면 안 가면 되겠네, 뭐."

"누난 행복해본 적 있어?"

"행복? 글쎄. 엄마 아빠가 다 살아 있었을 땐 좋았지. 사고로 엄마만 안 죽었으면 달라졌을지도 모르지."

"누난 좋겠다. 행복한 때도 있었다니. 난 한 번도 없었어."

"설마."

"진짜야. 엄마 아빠 맨날 싸웠어. 아빠 화가 나면 엄마를 때리고 물건을 마구 내던지고 그랬어. 끝에 가면 꼭 화가 나한테로 돌아와. 날 마구 때렸어. 엄마도 화가 나면 날 때렸어. 집에 들어가는 게 무서웠어. 그러다가 엄마가 사라져버렸어. 내가 2학년 때야. 그리고 새엄마가 들어왔어. 엄마보다 더 좋은 엄마야. 그렇지만 그 여자가 싫어. 그냥 싫어. 그래서 일부러 싫어할 일만 골라 해. 집도 나가고."

그 말에 여자애가 갑자기 남자애의 머리를 쓰다듬으며 일어났다.

"궁상 그만 떨고 일어나자."

"어딜 가려고?"

"갈 데가 어딨어. 아무 데나 돌아다니는 거지. 온 세상이 다 우리 건데 뭔 상관이야."

"힘들어. 그냥 쉬고 싶어. 하루 종일 잠만 잤으면 좋겠어."

"그래? 그러면 그러자. 남아도는 게 시간인데. 자, 그러면 잘 곳을 찾아볼까나."

여자애가 자전거로 걸어갔다.

"누난 내 꿈이 뭔지 알아?"

남자애는 자전거를 타고 가면서도 집요할 정도로 물었다. 여자애가 귀찮다는 듯이 대답했다.

"뭔데?"

"아빠를 죽이는 거."

"뭐?"

여자애가 놀라서 옆으로 고개를 돌렸다. 그 바람에 그만 자전거가 논두렁 아래로 처박혔다. 여자애는 자전거와 함께 논두렁에 거꾸로 떨어져 일어나려고 낑낑거렸다. 남자애가 자전거를 세우고 논두렁 아래로 내려가 여자애를 일으켜 세웠다. 여자애는 일어나더니 옷을 툭툭 털고는 자전거를 끌어 올렸다. 남자애가 뒤에서 밀어 간신히 길 위로 올라섰다.

"짜식이 간 떨어질 소릴 하고 있네. 니 주제에 누굴 죽인다고?"

"우리 아빠."

"웃기고 있네."

"진짜야."

"죽이는 건 니가 알아서 하고, 가자."

여자애가 다시 자전거에 올라타며 말했다.

두 아이는 이내 나란히 자전거를 달렸다.

"아빨 죽이고는 뭐 할 건데? 니 아빠가 죽는 순간, 넌 내 꼴이
나. 니 진짜 엄만 코빼기도 안 보여?"

"응."

"안 보고 싶어?"

"아니!"

남자애가 단호하게 말했다.

"거짓말하고 있네. 니 마음은 내가 훤히 다 안다, 짜샤. 거짓말
할 걸 해야지."

"아냐. 난 지금 엄마가 진짜 엄마였으면 좋겠어. 진짜야."

"맨날 잔소리라면서? 그런 엄마가 뭐가 좋아?"

"그래도 나만 생각해줘. 공부만 열심히 하면 원하는 거 다 해준
대."

"그놈의 공부. 지들은 쥐뿔도 못했으면서 애들만 잡아요. 그렇
게 공부에 환장했으면 지들이나 하든지. 지들은 하루 종일 텔레비
전 끼고 살면서 애들 보고는 맨날 공부 타령이잖아. 공부 잘하는
애들치고 인간성 좋은 애는 하나도 못 봤다. 전부 왕재수들이야.

싸가지는 또 어떻고. 그런데 담탱들은 그런 애들만 끼고 돌아요."

"누난 어른들이 그렇게 싫어?"

"그런 넌 어른들이 좋아서 가출했니?"

"잘 모르겠어. 좋을 때도 있고 싫을 때도 있고. 집 나오면 보고 싶어지기도 하고. 맨날 때리는 아빠도 가끔은 보고 싶어."

"어이구, 등신."

아이들은 티격태격하며 들판 사이로 난 길을 달렸다. 들판에는 가을걷이를 하느라 콤바인이 요란한 소리를 내며 돌아다니고 있었다. 한쪽 논두렁에서는 사람들이 모여 일을 하다 말고 늦은 참을 먹고 있었다. 두 아이는 자전거에서 내려 그 옆을 지나갔다. 국수였다. 사람들이 웃으며 국수를 먹고 있었다. 아이들의 뱃속에서 꼬르륵 소리가 났다.

그곳을 막 지나치는데 뒤에서 한 아주머니가 불렀다.

"애들아, 이거 먹고 가거라."

그 소리에 두 아이는 얼른 돌아보았다. 아주머니가 국수 그릇을 들고 있었다. 둘의 눈이 마주치더니 누가 먼저랄 것도 없이 자전거를 세우고 아주머니가 내미는 국수 그릇을 하나씩 받아 들었다. 마파람에 게눈 감추듯 금세 먹어치우는 아이들의 모습을 보고 사람들이 웃었다.

"배가 많이 고팠던 모양이네. 더 있으면 줄 텐데 다 떨어졌네."

아주머니가 말했다.

"자전거 타러 나온 모양이구나. 남매가 어쩜 이렇게 다정해 보이노."

다른 아주머니가 두 아이를 쳐다보며 말했다.

"예, 자전거 여행을 해요. 우리나라를 한 바퀴 돌 작정이에요."

여자애가 뜻밖에 공손하게 대답했다.

그 말에 어른들이 고개를 끄덕였다.

"뉘 집 자식들인지 참 반듯하게 컸다. 몸조심하며 다녀라."

한 어른이 아이들을 보며 말했다. 그 말을 듣고 두 아이는 꾸벅 인사를 하고 다시 자전거를 몰았다.

갑자기 배가 부르니 절로 신이 났다. 여자애가 휘파람을 불었다. 휘파람 소리에 남자애의 눈이 휘둥그레졌다. 따라 했지만 헛바람만 입술 사이로 빠져나왔다. 남자애는 열심히 휘파람을 불며 페달을 밟았다.

그날 저녁 두 아이는 들판에 있는 한 마을에 들어가서 버려져 있는 집을 찾았다. 집은 부서져서 한쪽 지붕이 내려앉고 빗물에 엉망이었다. 무너져 내린 지붕 사이로 풀이 자라고 있었다. 귀신이 나올 것만 같았다. 안방에는 비와 흙에 범벅이 된 이불이 부서진 장롱에서 반쯤 쏟아져 나와 있었다. 두 아이는 그곳에 들어갔다. 그런대로 하룻밤 지낼 만했다.

여자애가 이불을 펼쳐 바닥에 깔았다. 이불에서 마른 먼지가 뿌옇게 일었다. 남자애는 여자애가 깔아놓은 이불 위에 신이 난다는 듯이 털썩 주저앉았다. 창호지가 다 찢어져서 너덜너덜했다.

밖으로 달이 환하게 비치고 있었다. 배가 고프지는 않았다. 두 아이는 같이 창밖을 내다보며 아무 말도 하지 않았다.

여자애는 누우려다가 옆에 떨어져 있는 물건을 하나 주워들었다. 이불을 펼 때 그 사이에서 떨어져 나온 것 같았다. 펼쳐보니 상장이었다. 종이는 누렇게 뜨고 빗물로 얼룩져 있었다. 여자애는 호기심에 차서 달빛에 비춰 보았다. '효행상'이었다. "귀하는 어려운 환경에서도 시부모님을 지극정성으로 봉양하고 자식들을 훌륭하게 키워 타인의 모범이 되었으므로 그 효행을 널리 칭송하며 이 상을 드립니다." 그런 글이 적혀 있었다. 그 밑에 군수의 이름과 직인이 찍혀 있었다. 여자애는 다 읽고 나서 한구석에 휙 던져버렸다.

"효행 같은 소리 하고 있네."

여자애는 욕을 내뱉었다. 이상하게도 아릿하게 아픈 감정이 밀려들었다. 이 집에서는 어떤 사람들이 어떻게 살았을까? 여자애는 문득 떠올려보았다. 이곳에서 살다 간 사람들은 정말 저 상처럼 살았을까? 이 집에서 살다 간 사람들은 행복했을까? 그런 생각을 하며 여자애가 옆을 돌아보았다. 남자애가 멍하니 앉아 있었다.

여자애는 벌렁 드러누웠다. 남자애도 따라 누웠다. 여자애는 남자애를 꼭 안아주고 싶었다. 하지만 그래서는 안 될 것 같았다. 불현듯 정을 주면 안 된다는 생각이 들었다.

남자애의 코 고는 소리가 가늘게 들렸다. 여자애는 돌아누워 이 집에서 살다 간 사람들의 모습을 그리려고 애썼다. 온 가족이 밥상 주위에 옹기종기 둘러앉아 있는 모습이 잠시 떠올랐다가 사라졌다. 희미한 기억 속 외할머니 집과 함께 떠오른 한 장면이었다. 사람들의 도란도란 말소리가 여자애 귀에 희미하게 들려왔다. 여자애는 고개를 들어 주위를 두리번거렸다.

4

새벽에 눈을 뜨니 남자애가 여자애 팔을 벤 채 품에 안겨 잠들어 있었다. 그걸 본 여자애는 기분이 이상했다. 남자애를 깨우고 싶지 않았다. 여자애는 품에 안긴 아이를 조심스럽게 떼어내고는 일어났다. 남자애는 잠시 몸을 뒤척이다 그대로 잤다. 몹시 피곤한 모양이었다.

여자애는 몸이 무겁고 한기가 돌았다. 한데서 잔 지도 벌써 열흘 가까이 되었다. 새삼 앞으로 어떻게 해야 할지 걱정되었다. 언제까지 이렇게 계속 야외에서 지낼 수도 없었다. 이러다가 정말 무슨 일이 생기지나 않을까 덜컥 겁이 났다.

여자애는 다시 한번 남자애의 자는 모습을 들여다보았다. 남자애는 세상모르고 자고 있었다.

언제까지 이 애와 같이 지낼 수 있을까?

여자애는 문득 그런 생각이 들었다. 이제 와서 집에 돌아갈 수도 없었다. 이미 그곳은 여자애의 집이 아니었다. 한 번 나온 집에 다시 돌아가는 건 생각할 수도 없었다. 그 가족의 싸늘한 눈총을 견딜 자신이 없었다. 대학생이라는 남자를 생각하면 온몸에 소름이 돋았다.

여자애는 어디든 먹고 잘 수 있는 알바 자리를 구했으면 하는 생각이 간절했다. 학교는 여자애의 기억 속에서 사라지고 없었다. 처음 알바라고 며칠간 일한 곳에서는 돈도 제대로 받지 못하고 쫓겨났다. 일을 시키고는 이유도 없이 나가라고 했다. 주인의 험상궂은 얼굴에 항의 한 번 제대로 못 하고 나왔다. 한마디라도 대꾸를 하면 그대로 주먹이 날아올 것 같았다.

그런 생각을 하니 머리가 무거워졌다. 여자애는 생각을 떨치려는 듯 두 손으로 머리를 거칠게 문지르며 벌떡 일어섰다.

"어떻게 되겠지."

여자애는 혼자 중얼거리며 두 팔로 가슴을 꽉 껴안은 채 밖으로 나왔다. 그러다가 소스라치게 놀랐다. 한 할머니가 마당에 서서 지켜보고 있었다.

"누 누구세요?"

여자애가 엉겁결에 물었다.

"내가 묻고 싶은 말이다. 여기서 뭐 하고 있노?"

할머니가 물었다.

"저어…… 잠을 잤어요."

"왜 이런 데서 잠을 자노? 그 안에는 누가 있노?"

"제 동생이요."

"동생이라고?"

"예, 둘이서 자전거로 여행하고 있어요. 무전여행요."

"그래? 못 보던 자전거가 뒹굴고 있길래 무슨 일인가 하고 들여다봤다. 어디서 왔노?"

"저 저기요."

여자애의 손이 아무 데나 가리켰다. 할머니는 잠시 그 손을 쳐다보더니, 이내 다시 여자애를 찬찬히 들여다보았다.

여자애는 할머니의 시선이 몹시 불편했다. 그렇다고 낯선 곳에서 아무에게나 무턱대고 대들 수도 없었다. 여자애는 어정쩡한 자세로 서 있었다. 할머니가 자신들을 버려두고 빨리 가주었으면 하고 바랐다. 혹시라도 꼬치꼬치 따져 물으면 뭐라 대답해야 할지 걱정이었다.

"아침은 먹었고?"

할머니가 쳐다보다 말고 물었다.

"아 아뇨."

뜻밖의 질문에 여자애는 당황해서 대답했다.

"당연히 안 먹었겠지. 괜찮으면 우리 집에서 아침이나 먹어라. 말만 한 처녀가 꼴이 그게 뭐고."

'처녀'라는 말에 여자애는 피식 웃음이 났다. 그러면서도 무의식적으로 자기 몸을 살펴보았다.

하긴, 뭐 이 정도면 처녀긴 하지.

여자애는 혼자 생각하며 다시 웃었다. 그런 여자애에게 할머니가 손가락으로 집을 가리켰다.

"저기다. 어린것들이 무슨 여행을 한다고. 세상이 얼마나 험한데. 얼른 동생 깨워서 나오너라."

할머니가 재촉했다. 그 말에 여자애는 반사적으로 안으로 들어가서 남자애를 깨웠다.

"왜 그래?"

남자애가 잠이 덜 깬 표정으로 물었다.

"밥 먹으러 가자."

"밥? 밥이 어딨는데?"

남자애는 '밥'이라는 말을 듣자 벌떡 일어나 소리를 질렀다. 그 소리가 밖에까지 들렸다. 여자애가 손가락으로 밖을 가리켰다. 한 할머니가 마당에 서 있었다. 남자애는 후다닥 일어나더니 여자애를 따라 밖으로 나와 할머니에게 꾸벅 절을 했다.

인사를 받은 할머니는 아무 말 없이 돌아서 앞장섰다. 두 아이는 할머니를 따라갔다. 뜻밖에 닥쳐온 행운에 두 아이는 긴가민가하면서 집 안으로 들어갔다. 시골에서 흔히 볼 수 있는 콘크리트 슬레이트 집이었다. 지은 지 오래된 것 같았다. 아이들이 들어서자 대문 옆에 매어둔 개가 요란하게 짖었다. 두 아이는 개를 보고 놀라 뒤로 물러났다.

"괜찮다. 짖기만 하지 물지는 않는다."

할머니가 돌아보며 말했다. 개는 곧 꼬리를 흔들며 할머니에게 달려들었다. 그러다가도 아이들을 보곤 컹컹거렸다. 아이들은 슬금슬금 개를 피해 걸었다.

두 아이가 방 한구석에 어색하게 앉아 어리둥절하며 두리번거리는 사이, 부엌에서 딸그락거리는 소리가 났다. 그 소리를 들으니 허기가 몰려왔다. 남자애 목에서 침이 넘어갔다.

곧 할머니가 밥상을 들고 들어왔다. 두 아이는 누가 먼저랄 것 없이 달려들어 상을 받았다.

"아무도 없어요?"

여자애가 물었다.

"시골에 사람이 어디 있겠노. 나 혼자뿐이다. 그러니 걱정하지 말고 편하게 앉아라. 안 그래도 아침을 들려던 참이었는데 때맞춰 잘 왔다. 차린 건 없지만 그냥 먹어둬라."

그 말에 두 아이는 긴장을 풀고 앉았다.

상은 단출했다. 밥에 김치와 된장과 졸인 멸치와 나물이 올라와 있었다. 그것만으로도 두 아이의 눈이 휘둥그레질 만했다. 둘다 가출한 이후, 처음 먹는 집밥이었다.

두 아이는 허겁지겁 밥을 먹었다. 금방 다 먹고 나자 할머니가 또 덜어주었다. 할머니는 둘을 쳐다보느라 밥을 먹는 둥 마는 둥했다. 간간이 반찬도 집어서 밥에 얹어주었다. 여자애는 할머니의 친절이 어색했지만, 남자애는 익숙한 듯이 넙적넙적 잘 받아먹었다.

모처럼 두 아이는 배가 터질 듯이 밥을 먹었다.

"어딜 가려고?"

"그냥 자전거를 타고 계속 갈 거예요. 서해안을 따라가다가 남해안으로 해서 동해안으로 갈 생각인데요."

여자애가 마지막 밥숟가락을 입에 넣다 말고 대답했다. 그 말에 할머니가 아니라 남자애가 놀라서 여자애를 쳐다보았다.

"누나 정말 그렇게 갈 거야?"

"그러면 거짓말인 줄 알았어? 버엉—."

말을 하다 말고 여자애가 얼른 입을 닫았다.

"무슨 일인지는 모르겠다만 집에들 가거라. 그러는 거 아니다."

할머니가 다 안다는 듯이 말했다.

"할머니가 뭘 아신다고요?"

여자애가 톡 쏘았다. 남자애가 여자애의 팔을 잡아당겼다.

"그래. 늙은 게 뭘 알겠냐마는, 살아온 세월이라는 게 무섭더라. 가기 싫으면 오늘 하루 우리 집에서 일 좀 거들어주든가. 일당은 주마."

할머니가 뜻밖의 말을 했다. 그 말에 두 아이는 할머니를 쳐다봤다.

"밭일이다. 고추도 따고 뭐 그런 일이다. 심심치는 않을 거다."

"할머니 혼자 사시면서 그건 뭐 하러 하세요?"

"놀면 뭐 하려고. 그거라도 해야 푼돈이라도 벌고 자식들에게 보내주기도 하고 그러지. 다 먹었으면 얼른 일어나거라."

할머니가 아이들을 재촉했다. 아이들은 얼떨결에 할머니에게 잡히고 말았다.

"그 전에 옷부터 갈아입어야겠다."

할머니는 일어나다 말고 두 아이의 몰골을 보더니 장롱을 뒤져 이것저것 옷을 꺼냈다.

"아무거나 골라 입어라."

아이들은 할머니가 꺼내놓은 옷을 뒤적이다가 웃음을 터뜨렸다. 죄다 할머니 옷이었다.

"할머니 이걸 어떻게 입어요?"

여자애가 기절할 듯한 표정을 지으며 말했다.

"맞아요. 저더러 이걸 입으라고요?"

남자애가 맞장구를 쳤다.

"잔말 말고 아무거나 입어라. 입은 옷은 다 벗어 세탁기에 넣고. 그 꼴로 계속 다닐 거가?"

그 말에 아이들은 아무 말도 하지 않고, 주섬주섬 옷을 주워 다른 방에 가서 입었다. 둘 다 꼴이 우스꽝스러웠다. 밖으로 나온 두 아이는 서로 쳐다보며 웃었다.

"멀쩡하구먼."

할머니가 아이들을 보며 말했다.

두 아이는 누가 먼저랄 것 없이 마루에 걸린 거울로 다가가 몸을 비추어 보았다. 우스꽝스러운 차림새의 두 아이가 서 있었다. 그 앞에서 둘은 장난을 쳤다. 거울 속 아이들이 원숭이처럼 두 아이의 행동을 따라 했다. 그런 두 아이를 할머니가 쳐다보았다.

여자애는 곧 벗어놓은 옷을 모두 주워 모아서 할머니를 따라 세탁기에 집어넣었다. 세탁기 돌아가는 소리가 경쾌하게 났다. 참으로 오랜만에 들어보는 소리였다. 그 소리가 가슴 뭉클할 만큼 반가웠다.

두 아이는 이내 할머니가 준 모자를 덮어쓰고 바구니를 들고 밭으로 나갔다. 밭에는 고추와 참깨와 콩이 즐비하게 심어져 있었다. 옥수수는 이미 수확이 끝나고 누런 대만 덩그러니 서 있었다. 콩은 아직 한창때인지 푸른색이 완연했다. 고추밭에 들어서니 붉은 고추가 여기저기 눈에 띄었다.

"잘 보거라. 고추는 이렇게 따야 한다."

그 말을 하며 할머니가 고추 한 개를 잡고 따서 보여주었다.

"꼭지가 떨어지면 물러서 못 쓴다. 쉬엄쉬엄 해라."

아이들은 할머니가 시키는 대로 고추를 땄다. 빨간 고추가 바구니에 하나씩 늘어났다. 고추의 매운 냄새에 곧 눈이 따가웠지만, 두 아이는 서로 지지 않으려는 듯이 부지런히 땄다. 처음 해보는 일이라 서툴러도 재미있었다.

"할머니, 재미있어요."

남자애가 말했다.

남자애는 고추 따는 일이 신났다. 학교에서 현장학습으로 몇 번 밭에 가본 것 외에는 이런 일이 처음이었다. 현장학습 때는 그

저 흉내만 내다가 왔다. 고구마도 이미 캐서 심어놓은 것을 다시 캐고 밤도 미리 뿌려놓은 것을 주웠다.

남자애는 이따금 큰 고추를 따면 일어나서 보란 듯이 소리를 질렀다. 그러나 여자애는 곧 싫증이 났는지 느릿느릿 일했다. 허리가 뻐근하고 끊어질 것처럼 아팠다. 여자애는 얼마 안 가 고랑에서 나오더니 흙바닥에 퍼질러 앉았다. 축축한 냉기가 엉덩이로 밀려왔다. 그걸 본 할머니가 스티로폼 조각 하나를 여자애에게 가져다주었다.

"여자는 아무 데나 앉으면 안 된다. 냉기가 몸에 해롭다."

할머니는 스티로폼 조각을 내밀며 말했다. 그 말에 여자애의 콧날이 갑자기 시큰해졌다. 여자애는 그걸 받아 깔고 앉았다. 따뜻했다.

"여자는 제 몸이 제 게 아니다."

"그러면 누구 건데요?"

여자애가 어깃장을 놓듯이 물었다.

"니 새끼들 거지."

할머니가 그렇게 말하고는 다시 고추 고랑으로 들어갔다. 여자애는 몸을 굽혔다 폈다 하는 할머니와 남자애를 쳐다보았다. 그 모습에 어릴 때 보고는 못 본 외할머니가 생각났다. 새엄마가 들어오고 나서 발걸음을 끊었다. 갑자기 그곳에 가고 싶었다. 찾으려고 마음만 먹으면 찾을 수도 있을 것 같았다. 어쩌면 외할머니도 이 할머니처럼 사실지 모른다는 생각이 여자애를 사로잡았다.

여자애는 한참 만에 다시 바구니를 들고 고랑 사이로 들어갔다.

"밥 한 그릇 얻어먹고 이게 무슨 개고생이람."

여자애는 투덜거리면서 고랑 사이로 몸을 굽혔다. 일이 신나지 않았다. 남자애가 옆에서 부지런히 따고 있었다. 할머니는 멀리 떨어져 느릿느릿 움직였다.

"야, 니 꺼 요만하니?"

여자애가 고추를 따다 말고 빨갛게 익은 작은 고추 하나를 들어 남자애 눈앞에 흔들어댔다. 그걸 본 남자애가 얼굴을 붉혔다.

"얼굴이 새빨개졌네."

"아냐!"

남자애가 소리쳤다.

"아니긴 뭐가 아냐. 얼굴이 새빨간데."

여자애 말에 남자애가 갑자기 고추 바구니를 내팽개치더니 씩씩거리며 고랑 밖으로 나갔다.

"성깔하고는."

당황한 여자애가 남자애 뒤에 대고 말했다. 아무리 놀려도 화를 낼 것 같지 않던 애가 화를 내는 걸 보고 여자애는 놀랐다. 그렇다고 금방 사과하기도 그랬다. 여자애는 모른 척 일을 계속하면서 흘낏흘낏 쳐다보았다.

남자애는 밭고랑 밖에 퍼질러 앉아선 흙을 집어 아무 데나 획획 던졌다. 화가 안 풀리는 모양이었다. 할머니가 멀리서 그걸 지켜보았다. 얼마간 시간이 지난 뒤 남자애는 이제 심심한 듯이 풀을 뜯어서 만지작거렸다.

"이리 와라."

할머니가 허리를 펴고선 큰 소리로 남자애를 불렀다. 그 소리에 남자애는 마지못한 듯이 고개를 돌린 채 할머니에게 갔다.

"누나하고 있지 말고 나하고 따자."

할머니가 들고 있던 바구니를 내밀며 말했다. 남자애는 그걸 얼른 받아 고추를 땄다. 남자애는 방금 전 일은 금세 잊어버린 듯 할머니와 이야기를 나누며 일에 집중했다.

"일하는 걸 보니 공부도 잘하겠구나."

"그럼요. 저 공부 잘해요. 시험만 치면 100점 받아요."

남자애는 자랑스러운 듯이 말했다.

"부모님이 좋아하시겠다. 부모란 그저 자식 공부 잘하고 잘 먹으면 그것보다 더 좋은 게 없다."

할머니가 말했다.

"우리 엄만 공부만 잘하면 뭐든지 다 할 수 있대요."

"그렇구나. 그래, 뭐가 되고 싶은데?"

"몰라요."

"그래, 천천히 생각해라. 서두르지 말고. 부모님은 사이가 좋으시고?"

그 말에 남자애가 입을 다물었다. 아이가 갑자기 이야기를 끊자 할머니가 흘낏 고개를 돌렸다.

"쓸데없는 걸 물어본 것 같구나."

"아뇨. 그렇지만."

"됐다. 하고 싶지 않은 말은 안 해도 된다."

할머니가 아이에게 부드럽게 말했다.

"뭐든 하고 싶은 걸 하고 살아라. 남들이 좋다는 거 하지 말고."

할머니가 잠시 말을 끊었다가 다시 이었다.

남자애는 할머니와 나란히 걸으며 열심히 이야기했다. 가끔 할머니가 웃는 소리가 들렸다. 여자애는 혼자 떨어져서 일했다. 남자애가 저만큼 멀리 있는 것 같아 미안하면서도 화가 났다.

두 아이는 할머니를 따라 하루 종일 고추를 따고 옥수숫대를 거두어들였다. 여자애는 할머니가 잘라놓은 옥수숫대를 남자애가 들고 가기 편하게 작은 무더기로 모았다.

"할머니 이건 뭐 하게요?"

남자애가 옥수숫대를 안아서 한곳에 모으며 물었다.

"겨울에 불을 땔 때 쓰지."

할머니가 허리를 펴며 말했다.

"와, 재밌겠다. 나도 한번 해봤으면."

남자애는 옥수숫대를 한 아름 가득 안아 들며 말했다. 한꺼번에 너무 많이 들어서 떨어지는 옥수숫대에 발이 밟혔다. 그 바람에 아이는 비틀거렸다.

"조금씩 날라라. 다친다."

할머니가 주의를 주었다.

남자애는 할머니 말에 아랑곳하지 않고 힘에 버겁게 안아 날랐다. 어느새 들판 가운데 커다란 옥수숫대 무더기가 생겼다.

이따금 동네 사람들이 지나가다 할머니에게 누구냐고 물었다. 그때마다 할머니는 즐거운 듯이 말했다.

"서울에 사는 큰손녀하고 손자라오."

그 말을 하는 할머니 목소리에는 자랑스러운 듯이 힘이 들어갔다. 두 아이는 고개를 숙여 꾸벅 절을 했다.

어느새 해가 중천을 훌쩍 지나 있었다. 아이들은 따 모은 고추를 전부 마당으로 들어 날랐다. 할머니는 마당에 낡은 돗자리를 깔고는 그 위에 고추를 쏟아붓더니 하나하나 정성껏 정리했다. 두 아이는 구경을 하다가 할머니를 따라 고추를 하나씩 줄 맞춰 널었다. 시간이 꽤 많이 걸리는 일이었다.

고추를 다 널고 일어난 두 아이는 탄성을 질렀다. 마당에 새빨간 고추가 가지런히 늘어져 있었다. 아름다웠다.

"하루 동안 애썼다. 이제 그만 씻고 쉬어라."

할머니가 두 아이에게 말했다.

마당에 쳐놓은 빨랫줄에는 아이들의 옷이 대롱대롱 걸린 채 가을 햇볕을 가득 품고 있었다. 그들에게는 낯선 풍경이었다.

아이들은 일을 하고 나니 몸은 피곤했지만 마음이 편하고 기분이 아주 좋았다. 정말 집에 와 있는 듯한 느낌이었다.

아이들은 모처럼 목욕탕에서 더운물에 샤워를 했다. 상쾌한 피로가 밀려들었다. 샤워를 마치고 둘은 마루에 걸터앉아 밖을 내다보았다. 마을은 들판 한가운데에 있었다. 그만그만한 집들이 옹기종기 모여 있었다. 마을 풍경과는 어울리지 않는 공장이나 창고 같은 건물들이 드문드문 보였다. 비닐하우스가 들판 곳곳에 들어서 있었다.

두 아이는 가만히 앉아 마당에 어둠이 깔리는 광경을 지켜보았다. 어둠은 멀리서 천천히 밀려오더니, 마침내 대문을 밀고 들어와서는 마당을 가로질러 어느새 발아래까지 성큼 다가왔다. 아이들은 서로 얼굴을 쳐다보았다. 서로의 얼굴이 어둠에 묻혀 멀리 있는 것 같았다. 손을 뻗어도 닿지 않을 것만 같았다. 남자애는 여자애가 자기를 두고 가버리지나 않을까 불안했다.

"아깐 미안했다."

여자애가 나지막하게 말하며 남자애의 손을 잡았다. 그 말과 행동이 남자애를 행복하게 했다.

"손이 참 따뜻하네."

여자애가 말했다.

마을 여기저기서 가로등이 환하게 밝혀졌다. 할머니가 부엌에서 나와 현관 앞에 걸린 전깃불을 켰다. 마당에 있던 어둠이 소스라쳐 놀란 듯이 사라졌다.

온 집을 분주하게 돌아다니던 할머니가 일이 끝났는지 부엌에 들어가 저녁 준비를 했다. 전기밥솥에서 밥이 끓으면서 밥 냄새가 집 안에 퍼졌다. 아이들은 서둘러 방에 들어가서 누가 시키지도 않았는데 빗자루와 걸레를 찾아 들고 방을 쓸고 닦았다. 어느새 아이들은 제 집에 있는 듯이 스스럼없이 행동했다.

저녁을 먹은 후 두 아이는 할머니와 함께 마루에 걸터앉았다. 남자애는 배가 부르니 세상에 걱정이 하나도 없는 것 같았다. 그냥 이곳에 눌러 살고 싶었다. 누나와 할머니와 셋이 함께 살면 얼마나 좋을까 하고 문득 생각했다.

"할머닌 왜 혼자 사세요?"

남자애가 물었다.

"다들 도회지에 나가 살지. 자식도 크면 다들 떠나는 거다."

"할머니 자식들이 많아요?"

"아들 셋에 딸이 하나란다."

"와!"

남자애가 놀랐다는 듯이 소리를 질렀다.

"뭐 하는데요?"

이번에는 여자애가 물었다.

"다들 잘났지. 하나는 판사고 하나는 대학교 선생이고 하나는 의사고."

"우와, 정말이에요?"

남자애가 다시 놀라서 소리를 질렀다.

"이 늙은 게 뭐 할 일이 없어 멀쩡한 밥 먹고 신소리를 할까. 남들이야 자식 잘 길렀다고 야단들이지만 난 옆집 수만이네가 부럽다. 자식들하고 같이 사는 게 그리 부러울 수가 없어."

"할머니도 같이 살면 되잖아요."

여자애가 말했다.

"어디라고 내가 거길 가. 처음엔 속도 모르고 몇 번 아들 집이라고 찾아갔더라만 곧 그만두었다. 며느리 눈치가 보여 찬물 한 그릇 마음대로 퍼 마시지 못하겠더라. 그래, 발을 끊었다. 어쩌다 명절이라고 찾아와주면 그나마 고맙지. 그것도 걸핏하면 바쁘다고 안 온다. 지들 해외여행이다 뭐다 다닐 시간은 있어도 어미 찾아올 시간은 없는 모양이다. 그나마 있던 전답은 앞서거니 뒤서거니 찾아와서 하나둘씩 팔아 챙겨 가더니, 더 이상 팔아 챙길 게 없으니 그만 발을 끊더구나. 아들놈들 공부시킨다고 하나 있는 딸 소홀하게 대했더니 서운한지 시집가곤 발길도 잘 안 한다. 어렵게 산다는데 그 누이 하나 어울려서 도와줄 수도 있으련만, 다들 나 몰라라 하는 모양이더라. 형제도 어릴 때 형제지. 그래도 잘들 지낸다니 고맙지."

할머니가 넋두리처럼 말했다.

"너희는 의 상하지 말고 지내거라. 아무리 형제라도 의 상하면 남보다 못하다."

할머니가 두 아이를 번갈아 쳐다보며 말했다. 그러더니 그만 몸을 일으켰다.

"오늘 밤에 넌 내 방에서 자고 넌 옆방에서 혼자 자거라."

할머니가 여자애와 남자애를 바라보며 말했다.

"싫어요. 누나하고 같이 잘 거예요."

남자애가 완강하게 말했다.

"남매라도 다 큰 것들이 같이 자는 건 보기 안 좋아."

"그래도 싫어요."

남자애는 완강했다.

"마음대로 하려무나. 그러면 편히들 자거라. 그리고 내일 아침 먹고 집으로 돌아가거라. 부모 마음 편하게 하는 게 가장 큰 효도다. 누가 금을 바라는 것도 아니고 은을 바라는 것도 아니고 돈이 다 무슨 소용이라고. 자주 얼굴이라도 내밀어주는 게 그렇게도 어려운지 원."

그 말을 하고 할머니는 안방으로 들어갔다.

"배운 인간들이 더해요."

여자애가 욕을 내뱉었다. 마당의 개가 여자애를 보고 새삼 짖었다. 여자애는 신발을 쥐어 개에게 집어 던졌다. 신발에 정통으로 맞은 개가 깨갱거리며 집 안으로 들어가서는 얼굴을 내밀고 으르렁거렸다.

"지들은 자식 노릇 제대로 못 하면서 맨날 우리 보곤 훈계야."

여자애는 그 말을 내뱉고는 벌떡 일어나 대문 밖으로 나갔다. 남자애는 마루에 더 오래 앉아 있었다. 개가 집 밖으로 나와서 달을 보고 컹컹 짖어대다가 남자애에게 꼬리를 흔들었다.

남자애는 개에게 다가가 쓰다듬어주었다. 개가 몸을 비벼댔다. 남자애가 안자, 혀로 아이의 얼굴을 쓰다듬었다. 간지러웠다. 개는 연신 꼬리를 흔들며 남자애에게 파고들었다. 정이 고픈 것 같았다.

남자애는 곧 개를 두고 여자애를 따라 밖으로 나갔다. 대문 근처에서 여자애가 혼자 서 있었다.

두 아이는 마을을 어슬렁거리며 돌아다녔다. 밤의 마을은 고즈넉하고 평화로웠다. 아이들 발소리에 놀라 벌레 소리조차 숨을 죽인 것 같았다.

아이들은 좁은 길을 따라가다 창고같이 생긴 한 건물 앞에 멈추었다. 안에서 희미하게 불빛이 스며 나오고 있었다. 호기심이 생긴 남자애가 문으로 다가갔다. 여자애도 뒤따라갔다. 조금 열린 문 사이로 들여다보니 열 명 남짓한 여자들이 한 줄로 서 있었다. 그 앞에서 한 젊은 남자가 왔다 갔다 하며 소리를 지르고 있었다. 여자들은 모두 고개를 숙인 채 발만 쳐다보았다.

불빛에 비친 여자들은 거의 모두 외국인 같아 보였다. 기계 소리 때문에 잘 들리지 않지만, 뭔가 일이 잘못되어 남자가 화를 내는 것 같았다. 남자의 목소리는 날카롭고 빨랐다. 가끔 욕설이 섞여 나왔다. 좀처럼 화가 풀리지 않는지 목소리가 점점 커지더니 기어코 한 여자의 따귀를 때렸다.

그걸 본 여자애가 남자애를 잡아당겼다. 두 아이는 그곳에서 벗어나 다시 마을 길로 들어섰다.

"우리 엄마 필리핀 사람이다."

"누구?"

"새엄마."

그 말에 여자애는 남자애의 손을 꼭 쥐었다.

들판에는 금빛 달이 쏟아지고 있었다. 두 아이가 전혀 경험해 보지 못한 낯설고 황홀한 풍경이었다. 풀벌레 울음소리가 들판에 자욱하게 들렸다. 멀리 들판 끝에 저녁 안개가 낀 듯했다.

"우와, 누나 달빛이 쏟아져."

남자애가 감탄했다. 여자애가 그런 남자애의 손을 잡고 나란히 걸었다.

5

　다음 날 아침 두 아이는 할머니에게 늦은 아침을 얻어먹고 떠
날 준비를 했다. 전날 안 하던 일을 해서인지 늦게까지 곤하게 잤
다. 할머니는 일부러 깨우지 않았다.

　"어제 일한 품이다. 집에까지 갈 차비는 될 거다."

　할머니가 돈을 여자애와 남자애 주머니에 따로 찔러주었다. 마
치 손자 손녀에게 용돈을 주는 것 같았다. 두 아이는 막상 떠나려
니 아쉽고 서운했다. 겨우 하루를 지냈는데도 그곳을 떠나고 싶
지 않았다.

　두 아이는 할머니에게 꾸벅 절을 하고 대문을 나섰다. 할머니
는 아이들이 멀어질 때까지 대문 앞에 서서 바라보았다. 한참 가
다 뒤돌아보니, 할머니는 여전히 그 자리에 비석처럼 서 있었다.
영원히 움직이지 않을 것 같았다. 뭔가를 간절히 기다리는 것 같

왔다.

두 아이는 골목을 돌자 주머니에 손을 밀어 넣었다. 3만 원씩 들어 있었다. 둘의 입이 벌어졌다. 갑자기 부자가 된 듯했다.

"손자 주려고 장롱 속에 넣어둔 돈일 거야. 안 오니까 우리한테 준 거지. 그냥 주기 그러니까 일을 시킨 거고."

여자애가 말했다.

"우리 부자 됐다. 이걸로 며칠은 먹고 놀아도 되겠다, 그치?"

남자애가 돈을 바라보며 말했다. 그러고는 각자 그 돈을 주머니에 밀어 넣었다. 갑자기 가슴이 뿌듯해졌다.

두 아이는 자전거를 타고 남쪽으로 달렸다. 바람이 가볍게 얼굴을 스치고 지나갔다. 몸에 땀이 촉촉하게 배어들었다. 기분 좋은 더위였다. 이대로라면 오늘은 꽤 먼 거리를 달릴 수 있을 것 같았다. 그러나 오래가지 않아 여자애의 자전거가 펑크가 나 더 이상 탈 수 없었다. 두 아이는 자전거를 길에 버렸다.

"어차피 고물 자전거인데 뭘."

여자애가 대수롭지 않다는 듯이 말했다.

두 아이는 큰 도로를 따라 걸었다. 간간이 지나가는 차에 손을 흔들었지만 세워주는 차는 없었다. 두 아이는 무작정 길을 따라 걸어가다 이내 지쳐서 길가에 주저앉았다. 더 이상 걸을 힘이 없었다. 어디인지는 모르겠지만 갈 길이 캄캄했다. 어제 하루를 머물렀던 마을 이름조차 알지 못했다.

멀리서 트럭 한 대가 오고 있었다. 남자애가 벌떡 일어나더니 또다시 두 손을 높이 들고 흔들어댔다. 트럭이 그냥 지나쳤다. 아이가 실망해서 주저앉으려는데 저만치 앞에서 트럭이 멈춰 섰다. 두 아이는 달려갔다.

"좀 태워주세요."

"어디까지 가는데?"

운전사가 창밖으로 얼굴을 내밀고는 아이들을 쳐다봤다.

"아무 데나요. 아저씨 가는 데까지 태워주세요."

그 말에 운전사는 두 아이를 아래위로 한 번 더 쳐다보더니 뒤의 짐칸을 가리켰다.

"장난치지 말고 얌전하게 앉아 있어."

운전사가 소리를 질렀다.

그 말이 끝나자마자 두 아이는 차를 놓칠세라 얼른 올라탔다. 곧 차가 출발했다. 짐칸에는 온갖 잡동사니 물건들이 실려 있었다. 어디로 물건을 싣고 갔다가 돌아가는 차 같았다.

두 아이는 트럭에 타자 신이 났다. 차가 속력을 내면서 바람이 거칠게 불었다. 바람이 그렇게 시원할 수 없었다. 아이들은 차 뒤에 서서 텔레비전에서 본 카퍼레이드 흉내를 냈다. 둘의 마음은 가을 하늘에 아득히 떠오르는 끈 떨어진 풍선처럼 떠올랐다. 구름을 타고 둥둥 흘러가는 것 같았다. 만약 천국이 있다면 그곳에 닿을 수 있을 것 같았다.

그곳에선 정말 엄마 아빠를 다시 만날 수 있을까?

여자애는 문득 생각했다. 다 재가 되어버렸는데 어떻게. 여자애는 고개를 흔들었다.

한참 그렇게 달리다가 갑자기 차가 속도를 확 줄였다. 그 바람에 둘의 몸이 휘청거리며 앞 난간에 부딪쳤다. 몹시 아팠다. 두 아이는 가슴을 움켜쥔 채 주저앉았다.

차가 잠시 멎더니 다시 천천히 움직였다. 밖을 내다보니 경찰차가 서 있고 차량들이 뒤엉켜 있었다. 사고가 난 모양이었다. 피투성이가 된 사람이 들것에 실려 구급차로 가고 있었다. 한쪽에는 흰 천에 덮인 사람이 있었다. 또 한 사람은 도로변에 널브러져 있었다. 도로에는 피가 고여 있었다. 승용차 한 대가 휴짓조각처럼 쭈그러져 있고 대형 트럭은 한쪽으로 돌아가 있었다. 트럭 운전사인 듯한 사람이 넋을 잃은 채 차 옆에 앉아서 경찰에게 연신 고개를 주억거렸다.

사고 때문에 때아니게 도로가 정체되었다. 트럭은 좁은 1차선 길을 간신히 빠져나가더니 다시 속도를 내기 시작했다. 멀리서 구급차가 요란한 소리를 내며 달려왔다. 그 소리에 아이들이 고개를 돌리자, 이내 구급차는 트럭을 지나 달려갔다.

두 아이는 더 이상 소리 지를 기분이 사라져서 그대로 짐칸에 털썩 주저앉았다. 여자애는 멍한 시선을 밖으로 향하고 있었다. 그런 여자애의 귀에 구급차가 앵앵거렸다. 갑자기 여자애가 "아악!" 하고 비명을 지르며 귀를 틀어막더니 얼굴을 다리 사이에 파묻었다. 곧이어 훌쩍이는 소리가 들렸다. 남자애는 당황해서 어쩔 줄 몰랐다.

트럭은 두 시간가량 계속 달리더니, 마침내 어느 작은 도시로 들어섰다. 차가 신호등에 걸려 멈추자 두 아이는 얼른 뛰어내려 인사도 없이 인파 속으로 묻혔다. 혹시 돈을 달라고 할까 봐 겁이 났다. 운전사는 아이들이 내린 것을 아는지 모르는지 신호등이 바뀌자 곧장 속도를 냈다.

"여기가 어디야?"

"난들 알게 뭐야. 너 똑똑하잖아. 간판 뒤져봐."

여자애가 말했다. 그 말에 남자애는 생각났다는 듯이 다시 간판을 살펴보았다.

"알았다."

"어딘데?"

"몰라."

"사람 놀리고 있어."

여자애가 남자애의 머리를 쥐어박으며 말했다.

"씨이, 맨날 쥐어박아. 내 머리지 니 머리야?"

남자애가 머리를 만지며 대들었다.

"어쭈, 한 대 더 맞을래?"

여자애가 주먹을 쥐었다. 남자애는 얼른 피했다.

"하긴 안들 무슨 소용이 있어. 살 것도 아닌데. 그냥 다니자."

두 아이는 곧 시내를 돌아다녔다. 주머니 속이 두둑하니 세상 무서울 게 없었다. 그러나 아이들은 이내 실망했다. 돌아다닐 곳이 별로 없었다. 한적한 시골 도시가 졸 듯이 몸을 숙이고 있었다.

도시는 아무리 부팅을 해도 삐삐 소리만 나고 화면이 뜨지 않는 고장 난 컴퓨터 같았다. 그곳에서는 시간이 바이러스 먹은 화면처럼 주르르 흘러내리고 있었다. 두 아이는 깜깜한 화면을 들여다보고 있는 듯한 갑갑함을 느꼈다.

"하루 종일 뭐 하고 지내지?"

"차라리 바닷가가 나은데. 여기서 바다가 멀까?"

"내가 어떻게 알아."

두 아이는 시내를 어슬렁거리며 시간을 보냈다. 남자애는 언제부턴가 발을 질질 끌며 마지못해 걷고 있었다.

"왜 그래?"

"몰라. 몸이 안 좋아. 열이 나는 거 같고, 추워."

"몸살 난 거 아냐? 일은 혼자 다 할 것처럼 설치더니 꼴좋다."

그 말을 하고는 여자애가 남자애 머리에 손을 댔다.

"멀쩡하잖아. 꾀병 부리고 있어."

"진짜야."

"잔말 말고 부지런히 걸어."

여자애가 면박을 주었다.

"배고파. 밥 먹자."

남자애가 몇 발짝 걷다 말고 말했다.

"하루 종일 먹을 생각뿐이야. 뱃속에 거지가 들었냐?"

여자애가 말했다. 말은 그렇게 해도 여자애도 사실 배가 고팠다. 두 아이는 길을 따라 걸으며 식당마다 기웃거렸다.

"뭐 먹을 건데?"

여자애가 물었다.

"짜장면."

남자애가 말했다. 그 말에 여자애가 가까운 중국 식당에 들어가 짜장면 두 개를 시켰다. 남자애는 짜장면이 나오기 바쁘게 비비더니 입이 터져라 밀어 넣었다. 온 입에 짜장이 묻었다. 정말 오랜만에 먹어보는 것이었다.

"난 세상에서 짜장면이 제일 맛있어."

남자애가 짜장면을 우물우물 씹으며 말했다.

"누가 거지새끼 아니랄까 봐."

여자애가 한마디 했다.

"난 거지가 아니야."

남자애가 먹다 말고 정색을 하며 말했다.

"알았어. 빨리 먹기나 해."

여자애는 핀잔하면서도 자기 짜장면을 비벼서 한 젓가락 덜어 남자애 그릇에 올려놨다. 남자애 입이 벌어졌다.

"누나 먹지?"

"마음에도 없는 소리는."

그 말을 하고 나서 여자애는 얼른 짜장면 그릇에 얼굴을 묻었다.

"누나, 그 사람 죽었을까?"

남자애가 먹다 말고 물었다.

"누구?"

"아까 사고 난 사람. 구급차에 실려 간 사람 말이야."

"내가 어떻게 알아. 안 죽으면 살겠지."

"설마 우리 엄마는 아니겠지?"

"재수 없는 소리는. 니 엄마가 왜 여기 와서 죽니?"

"하긴 그렇지. 그렇지만 진짜 엄만 어디 사는지 모르는데. 여기 살 수도 있잖아."

"그렇게 궁금하면 경찰서에 한번 찾아가보든가."

여자애는 퉁명스럽게 말하고 다시 짜장면 그릇에 저를 찔렀다. 남자애도 남은 짜장면 건더기를 후루룩 소리를 내며 먹어치웠다.

다 먹고 나자 여자애가 8,000원을 계산했다. 그리고 둘은 밖으로 나왔다.

"니 짜장면값이 4,000원이니 다음에 줘야 돼."

여자애가 말했다.

"알았어. 치사하게."

"치사하긴. 계산은 분명히 해야지. 내가 널 언제 봤다고."

여자애의 말에 남자애는 몹시 서운했다.

중국 식당을 나온 여자애가 근처 슈퍼로 들어갔다.

"거긴 뭐 하러?"

"살 게 있어 가지, 왜 가겠냐?"

"뭐 살 건데? 방금 짜장면 먹었잖아."

"먹는 것밖에 몰라. 아무튼 넌 몰라도 돼. 여기서 기다려."

그렇게 말하고 여자애는 혼자 들어갔다가 잠시 후에 나왔다.

여자애의 한쪽 주머니가 불룩했다.

"뭐야? 먹을 거야?"

그걸 본 남자애가 달려들며 물었다.

"아냐. 먹을 거 아냐."

여자애는 주머니에 든 것을 보여주려 하지 않았다. 남자애는 호기심이 났지만 더 이상 묻지 않았다. 먹을 게 아니면 뭐든 별로 상관이 없었다.

빈둥거리며 가다 보니 두 아이는 어느새 기차역까지 왔다. 할 일이 없어서 대합실에 앉아 시간을 보냈다. 대합실은 사람들로 붐벼서 마땅히 누울 만한 곳이 없었다. 아이들은 대합실 밖으로 나왔다. 주위를 돌아다니다가 광장 한구석에 있는 벤치에 몸을 뉘었다. 가을볕이 따뜻했다. 노곤하게 잠이 몰려왔다.

여자애는 그대로 드러누웠다.

그걸 지켜보던 남자애는 여자애를 버려두고 혼자 광장을 돌아다니다가 근처 시장으로 갔다. 별 생각 없이 돌아다니다 보니 점심을 먹은 지 얼마 되지 않았는데 벌써 배가 고팠다. 정말 뱃속에 거지가 든 것 같았다.

시장은 한산했다. 가는 곳마다 생선 비린내가 코를 찔러서 토할 것만 같았다. 바다가 멀지 않은 듯했다. 남자애는 시장을 빠져나와 피시방에 들어갔다. 한산했다. 남자애가 컴퓨터마다 기웃거리니 주인인 듯한 남자가 자꾸 쳐다보았다. 게임을 하고 싶었지만 어렵게 번 돈을 그렇게 쓰고 싶지 않았다.

"게임할 거야?"

남자가 물었다.

"아 아뇨."

남자애는 급히 대답하고는 그곳에서 나왔다. 아쉬웠다.

남자애는 피시방에서 나와 골목을 돌아 작은 공터로 갔다. 중
학생쯤 되어 보이는 남자애 둘이 아이를 보더니 어슬렁거리며 다
가왔다. 남자애는 순간 긴장했다. 얼른 다시 골목을 빠져나와 시
장으로 들어갔다. 그 애들이 일정한 거리를 두고 따라왔다. 남자
애는 주머니에 든 돈을 꽉 움켜쥔 채 본능적으로 사람들이 붐비
는 곳으로 파고들었다. 손에서 땀이 나 돈이 축축해졌다.

그사이 여자애는 외투를 벗어 머리에 베고 벤치에 누웠다. 따
가운 햇살에 몸이 나른하게 퍼졌다. 벤치 위 나뭇가지들이 가볍
게 흔들리며 잠을 재촉했다. 여자애는 자지 않으려고 애썼지만,
어느 순간 자신도 모르게 잠이 들었다.

잠을 자면서 여자애는 가위에 눌린 듯이 몸을 몹시 뒤척였다.
누군가가 여자애 몸 위에 올라타서 꼼짝 못 하게 누르고 있는 것
같았다. 숨을 쉬려고 했지만 그것마저 힘이 들었다. 그대로 질식
할 것만 같았다.

여자애는 온 힘을 다해 꺽꺽거리며 거칠게 숨을 내쉬고 발버둥
치다가 간신히 잠에서 깼다. 몸이 후줄근하게 젖어 있었다. 여자
애는 잠시 어리둥절해서 누운 채로 주위를 두리번거렸다.

정신이 든 여자애는 놀라서 벌떡 일어났다. 머리에 베고 있던 옷이 없어졌다. 벤치 주변을 살펴봤지만 아무것도 보이지 않았다. 남자애도 보이지 않았다. 여자애는 한순간 남자애가 제 돈을 갖고 달아났다고 생각했다.

여자애는 역 광장을 두리번거리다가 대합실로 달려갔다. 그곳에도 남자애는 보이지 않았다. 여자애는 다급한 마음으로 도로로 달려갔다. 그 애의 흔적은 어디에도 없었다.

여자애는 남자애를 찾아 역 주변을 정신없이 돌아다녔다. 그때 뒤에서 부르는 소리가 들렸다. 남자애가 달려오고 있었다. 그걸 본 여자애가 그 자리에 멈추었다.

"누나, 누가 따라오고 있어. 도망쳐!"

남자애가 다급하게 달려오며 말했다. 여자애는 놀라서 뒤를 돌아보았다. 아무도 없었다.

"누군데?"

"몰라."

여자애는 무작정 남자애 손을 잡고 달렸다. 한참 달리다가 남자애가 여자애를 흘끗 보더니 말했다.

"옷이 왜 그래?"

그제야 여자애는 제 몸을 살펴보았다. 웃옷이 반쯤 벗겨져 있었다. 여자애는 당황해서 옷을 매만졌다. 단추가 떨어지고 없었다. 누군가가 외투뿐만 아니라 몸을 뒤져서 몽땅 털어간 게 분명했다.

여자애는 와락 두려움에 사로잡혔다. 빨리 여기서 벗어나고 싶었다.

"빨리 가자."

여자애가 다시 남자애 손을 잡아끌었다.

두 아이는 가까운 정류장에서 무작정 버스를 타고 그곳을 떠났다. 한참 지난 후에야 둘은 버스에서 내렸다. 여전히 심장이 뛰고 있었다.

"돈 내놔봐."

정류장에 내리자마자 여자애가 말했다.

"누나 돈 있잖아."

"다 털렸어."

"싫어. 내 거야."

"니 게 어딨어. 내놔."

여자애가 소리를 질렀다. 남자애는 완강하게 거부했다. 여자애가 남자애를 붙잡아 강제로 주머니를 뒤져 돈을 빼앗았다.

"누난 도둑이야."

"죽고 싶어?"

여자애가 사납게 남자애를 쳐다봤다. 그 시선에 남자애는 겁에 질려 아무 말도 못 했다. 시장에서 간신히 빼앗기지 않고 지킨 돈을 엉뚱하게 누나에게 빼앗기고 말았다는 생각이 들었다. 그러자 남자애는 처음으로 여자애가 미웠다. 그 애들하고 다를 게 하나도 없는 사람 같았다.

돈을 빼앗아 든 여자애는 가까운 가게에 들어가 웃옷을 하나 샀다. 7,000원이었다. 그걸 걸치고 곧 슈퍼에서 아침에 산 것과 같은 물건을 사고는, 남은 돈을 남자애에게 돌려주었다.

"옜다, 새끼야. 니 돈이다."

"누난 도둑이야."

남자애는 잽싸게 돈을 받아 주머니에 집어넣었다.

"이게 뒤질려고."

여자애가 화를 내며 남자애를 노려보았다. 남자애는 여자애가 무서웠다.

"그래, 도둑년이다. 그러니까 따라다니지 마. 너 혼자 가라, 새끼야."

그 말을 하며 여자애가 성큼성큼 앞서갔다. 여자애 뒤를 남자애가 따라갔다. 뒤따라오는 아이를 향해 여자애는 길에 있는 캔을 냅다 집어 던졌다.

"꺼져. 따라오면 죽여버릴 거야."

여자애가 고함을 질렀다. 놀란 남자애가 그 자리에 우뚝 섰다. 여자애는 곧 돌아서서 달려갔다. 남자애는 여자애를 놓치지 않으려고 악착스럽게 달려갔다. 놓쳐버릴까 봐 두려웠다.

여자애는 한참 달리다가 길가에 퍼질러 앉았다. 숨이 거칠게 터져 나오고 있었다. 여자애가 울고 있었다.

"누나, 돈 다 줄까?"

남자애가 여자애 곁에 조심스럽게 다가가 앉으며 말했다.

116

"됐어. 잃어버리지 말고 잘 지켜."

여자애가 말했다.

"누나, 나 이 돈 다 빼앗길 뻔했다."

그 말에 여자애가 울다 말고 돌아봤다.

"그게 무슨 말이야?"

"시장을 돌아다니는데 중학생 형 같아 보이는 애들이 따라오잖아. 간신히 도망쳤어. 진짜 무서웠어. 그때 누나가 보여서 막 달려간 거야."

여자애는 놀라서 가슴이 뛰었다.

"그러니까 혼자 다니지 말랬잖아. 쥐새끼만 한 게 죽어라고 말은 안 들어. 여길 뜨자. 여긴 재수 없는 동네 같아."

여자애가 그 말을 하며 일어섰다. 여자애는 계속 주위를 두리번거리며 걸었다. 두 아이는 마침내 버스에 몸을 실었다. 어딜 가는지도 모르고 탔다. 시외버스였다. 차 안은 비교적 한산했다.

버스는 어느새 시내를 벗어나 있었다. 다시 너른 들판이 보였다. 두 아이는 차에 타자 창밖만 내다보며 말을 하지 않았다. 둘다 조금 전에 겪은 사건을 생각하고 있었다.

남자애는 여자애가 있어서 얼마나 고마웠는지 모른다. 달아나다가 여자애를 보았을 때 정말 엄마를 만난 것 같았다. 그렇지만 그 여자애가 자기 돈을 빼앗아 마음대로 써버린 걸 생각하니 용서가 되지 않았다. 믿는 사람에게 철저하게 배신당한 기분이었다. 아빠에게 처음 맞던 날의 기억과 너무나 닮아 있었다.

"절대로 용서 안 할 거야."

남자애가 무의식적으로 내뱉었다. 그 말에 여자애가 흘낏 쳐다보았다. 남자애는 당황해서 얼른 창밖으로 시선을 돌렸다.

두 아이는 남원에 도착했다. 어느새 저녁 무렵이었다. 버스가 도착하자 여자애가 남자애를 깨웠다. 몸이 불덩이처럼 뜨거웠다. 여자애는 놀라서 남자애를 흔들었다. 남자애 이마에 땀이 맺혀 있었다.

"일어나."

여자애는 간신히 남자애를 일으켜 세웠다.

"누나, 추워."

남자애가 말했다.

"진짜로 몸살이 난 모양이네."

그 말을 하며 여자애가 남자애를 부축했다. 남자애는 부축을 받으며 차에서 내렸다. 갈 데가 없었다. 막막했다. 아픈 아이를 끌고 어디에도 갈 수 없었다. 여자애는 남자애를 벤치에 앉히고는 주머니를 뒤져 돈을 꺼내 가까운 약국에 가서 약을 샀다.

돌아오니 남자애는 벤치에 널브러져 있었다. 여자애는 남자애를 일으켜 약을 먹이고 다시 벤치에 뉘었다. 사람들이 지나가며 흘낏 쳐다보았다. 여자애는 사람들의 시선 따위는 아랑곳하지 않고 남자애의 머리를 제 무릎에 누인 채 기다렸다. 시간이 지루하게 흘러갔다. 밖에는 어둠이 가득하고 터미널 안에는 불이 환하게 밝아졌다. 어둠이 깊은 만큼 불은 더욱 밝게 탔다.

주머니를 만지작거리니 만 원짜리 한 장과 천 원짜리 두 장이 집혔다. 이 돈으로는 어디서도 잘 수 없었다. 낯선 도시에서 잠자리를 구하는 게 쉽지 않을 거라는 생각이 들었다.

처음 가출하던 날 밤의 당혹감이 떠올랐다. 갈 곳이 없었다. 무수한 불빛 속에서 제 몸 누일 곳 하나 없다는 사실에 여자애는 절망했다. 그때의 절망감이 밀려왔다.

그때는 그래도 다급한 김에 화장실에서 하루를 보낼 수 있었다. 그런데 오늘 밤에는 남자애까지 데리고 화장실에 갈 수는 없었다. 여기 계속 있다가는 경찰서에 끌려가기 십상이다. 그러면 다시 그 여자에게 인계될 것이다. 어쩌면 인계를 해줘도 받아들이기를 거부할지 모른다. 여자애는 그게 더 무서웠다.

경찰 손에 끌려 집에 갔을 때 그 여자가 모르는 아이라고 잡아떼며 현관문을 쾅 하고 닫아버릴 걸 생각만 해도 소름이 끼쳤다. 그러면 무슨 일을 저지르게 될지 자기도 몰랐다.

남자애는 한잠 달게 자고는 눈을 떴다. 온몸이 땀범벅이 되어 있었다. 몸이 많이 개운해진 듯했다.

"여기가 어디야, 누나?"

"터미널이지, 어디긴 어디야."

여자애가 통명스럽게 말했다. 그러면서도 남자애가 깨어난 것을 보고 안도의 한숨을 쉬었다.

"가자."

"어딜?"

"아무 데나 잘 데를 찾아봐야지. 여기서 밤을 새울 수는 없잖아."

그 말에 남자애가 몸을 일으켜 세웠다. 몸이 잠시 중심을 잃고 휘청거렸다.

여자애는 남자애를 데리고 터미널 근처의 여인숙을 돌아다니며 사정했다. 아무도 받아주지 않았다. 남자애는 피곤하다면서 아무 데나 가서 자자고 했다. 그렇지만 그 몸으로 한데서 잘 수는 없었다.

여자애는 다시 남자애를 이끌고 한 여인숙으로 들어갔다. 낡은 한옥을 개조해 만든 여인숙이었다. 여자애는 다짜고짜 방을 하나 달라고 했다. 주인 여자가 잠시 의심스러운 눈길로 두 아이를 쳐다보더니 구석에 있는 방으로 안내했다. 남자애는 방에 들어가자마자 그대로 쓰러졌다. 여자애는 밖에 그냥 서 있었다.

잠시 후 주인 여자가 물과 수건을 들고 와서는 계산하라고 했다.

"3만 원이야."

"제 동생인데 아파서 그래요. 내일 꼭 돈 드릴게요. 은행 문만 열면 찾을 수 있어요."

"뭐? 돈이 없다고? 이것들 거지 아냐? 당장 나가!"

여자가 화가 나서 소리를 질렀다.

"아녜요. 제 동생인데 갑자기 아파서 돈을 찾을 수 없었어요. 우선 만 원만 드리고 나머지는 내일 꼭 드릴게요."

여자애가 주인 여자에게 통사정했다. 그 말에 여자가 누그러졌다.

"정말 내일 낼 거지?"

"예."

여자애가 얼른 대답했다. 주인 여자는 못마땅하다는 듯 두 아이를 다시 쳐다보았다. 어차피 빈방이 수두룩한데 외상으로라도 잡아두는 편이 낫겠다는 생각을 얼핏 했다.

"정말 남매 맞아? 애들을 혼숙시키다가 걸리면 나만 벼락 맞아."

여자가 다시 물었다.

"틀림없어요. 내일 돈 드릴게요."

"아픈 애들을 내보낼 수도 없고."

여자가 만 원짜리 한 장을 받아 들고는 생색내듯이 말했다.

"아무튼 내일까지 2만 원 가져와야 돼. 안 그러면 경찰에 신고할 거야."

여자가 오금을 박듯이 말했다.

그 말에 여자애는 안도의 한숨을 쉬었다.

"예, 걱정 마세요. 꼭 드릴게요."

주인 여자가 가고 나자 여자애는 방에 들어가 아무 데나 주저앉았다. 그나마 잠잘 곳을 구한 게 더없이 고마웠다. 남자애는 방바닥에 드러누워 몸을 잔뜩 웅크린 채 떨고 있었다. 그 애가 몹시 안쓰러웠다. 긴장이 풀리니 여자애야말로 병이 날 것만 같았다.

여자애는 요를 펴고 남자애를 눕혔다. 잠든 남자애 위로 이불을 덮어주고 자기는 한쪽 벽에 기댄 채 눈을 감았다. 이제 주머니에는 달랑 2,000원만 남았다. 그 돈만 잃어버리지 않았어도 하는 생각이 자꾸 났다. 2,000원은 무슨 수를 쓰더라도 아껴둬야겠다고 결심했다.

남자애가 끙끙거리며 앓는 소리를 냈다. 머리를 짚어보니 다시 열이 불같이 났다. 당황한 여자애가 밖으로 나갔다. 마당 한가운데에 수도가 있었다. 여자애는 대야에 물을 받아 방 안으로 가져가 머리맡에 있는 수건을 물에 적셔 아이의 얼굴을 닦아주었다.

"이게 무슨 꼴이람."

여자애는 남자애를 닦다 말고 수건을 대야에 던져 넣고는 한숨을 쉬었다. 그러다가 다시 수건을 주워들었다.

6

밤새 여자애는 잠을 제대로 자지 못했다. 남자애는 한 번 더 약을 먹고는 까무러치듯이 잠 속으로 빠져들었다. 간간이 헛소리를 해댔다.

새벽녘이 되어서야 여자애는 설핏 잠이 들었다. 눈을 뜨니 벌써 아침이었다. 남자애는 달게 자고 있었다. 이마를 짚어보니 여전히 열이 났지만 밤보다는 많이 내려 있었다.

여자애는 서둘러 옷을 주섬주섬 차려입고는 문을 열고 내다봤다. 아무도 보이지 않았다. 여자애는 얼른 밖으로 나와 조심스럽게 대문을 빠져나갔다. 다행히 아무에게도 들키지 않았다.

밖으로 나오자마자 여자애는 몸을 펴서 심호흡을 했다. 입에서 희미하게 김이 피어올랐다. 새삼 겨울이 성큼 다가오는 소리가 들리는 듯했다. 그 생각에 여자애는 잠시 아득해졌다. 여자애는 방

안의 남자애를 생각했다. 새근거리는 숨결이 느껴졌다.

부모도 지 새끼를 버리는데 나더러 어떡하라고? 그만하면 나도 할 만큼은 했어. 내 앞가림도 못 하는데 내가 남 걱정할 때야? 다들 지 복대로 사는 거지.

여자애는 독하게 입을 앙다물었다.

새끼, 정말 사람 마음 불편하게 하네. 내가 무슨 죄지은 것도 아닌데 마음이 영 거지 같네.

여자애는 생각을 곱씹었다.

여자애는 문득 남쪽을 생각했다. 그 생각에 쫓기는 동물처럼 본능적으로 해를 가늠해 남쪽을 바라보았다. 왠지 남쪽으로 갈수록 새로운 세계를 찾을 수 있을 것 같았다. 어쩌면 어린 시절 외가에 대한 기억 때문인지 몰랐다. 서울에 살던 여자애는 그곳에 찾아갈 때마다 늘 따뜻한 느낌이 들었다. 여자애는 다시 한번 깊은 숨을 내쉬고는 가슴을 한껏 폈다.

"설마 아픈 애를 내쫓기야 하려고."

그 말을 남긴 채 여자애는 도망치듯 골목을 빠져나갔다.

한길에는 사람들이 모여들고 있었다. 그 거리를 여자애는 바쁘게 걸었다. 마치 먹이를 찾아 분주하게 다니는 개미 같았다. 여자애는 막 문을 열기 시작한 가게들을 기웃거렸다. 식당의 불빛들이 유독 눈에 들어왔다. 여자애 눈빛이 살아나 반짝이기 시작했다.

여자애는 군중 속으로 깊이 빨려들었다. 그런 여자애의 뒷모습은 무엇인가 욕망으로 똘똘 뭉친 덩어리 같았다. 아무리 망치로 때려도 결코 부서지지 않을 덩어리. 그 덩어리 속에 여자애는 잔뜩 웅크리고 있었다. 발아를 앞둔 씨앗처럼 여자애는 그 덩어리 한가운데서 꿈틀거렸다.

여자애는 저녁 늦게 돌아왔다. 몰래 여인숙 문을 들어서는 여자애를 보자, 주인 여자가 삿대질을 하며 욕을 해댔다.

"이런 못된 년. 다 죽어가는 애를 내팽개치고 도망을 가? 그러고도 니가 사람이야?"

그 말에 여자애는 방 안으로 뛰어갔다. 남자애는 깊은 잠에 빠져 있었다. 종일 아무것도 먹지 못했는지 하루 사이 살이 쪽 빠진 것 같았다.

"뭐 좀 먹였어요?"

여자애가 밖으로 나와 물었다.

"방값도 안 낸 것들한테 줄 게 어디 있다고."

여자가 사납게 말했다.

"뭐라고요? 아픈 애를 종일 그냥 뒀단 말예요? 그러고도 아줌마가 사람이야? 아줌만 자식도 없어?"

여자애가 흥분해서 여자에게 달려들었다. 당장에라도 머리채를 잡고 쓰러뜨릴 기세였다. 그걸 본 여자가 겁에 질려 뒷걸음질쳤다.

"이 이년이 미쳤나? 어디서 눈을 희번덕거리며 대드노?"

여자가 물러나면서 지지 않겠다는 듯이 소리를 질렀다.

"지나가던 개가 아파도 이렇게는 안 하겠다."

그 소리를 하며 여자애가 마당에 있는 대야를 걷어찼다. 대야가 요란한 소리를 내며 한구석으로 나동그라졌다. 사람들이 모두 문을 열고 내다보았다.

"자, 여기 있다. 2만 원."

여자애가 갑자기 주머니에서 돈을 꺼내더니 주인 여자 앞에 내던졌다. 돈이 펄럭펄럭 날리다가 바닥에 떨어졌다. 여자는 얼른 돈을 주워들고는 사무실로 갔다. 여자애는 다시 한번 대야를 걷어차고 방으로 들어갔다.

방에 들어서니 싸움 소리에 깼는지 남자애가 눈을 뜨고 고개를 돌렸다. 얼굴에는 눈물 자국이 번들번들했다. 머리를 짚으니 열이 조금 내려가 있었다. 여자애의 손길에 남자애가 와락 울음을 터뜨렸다.

"왜 울어, 이 병신아. 약이라도 먹어야지. 여기서 뒤질래?"

"누나가 도망친 줄 알았어. 하루 종일 얼마나 무서웠는지 몰라."

남자애가 울면서 말했다.

"내가 너 같은 줄 알아? 의리라고는 없는 새끼. 돈 좀 썼다고 씩씩거릴 때는 언제고."

그 말을 하며 여자애는 들고 온 비닐봉지를 옆에 놓았다. 커다란 노란색 봉지였다. 여자애는 봉지에서 죽을 꺼내더니 남자애 앞에 내밀었다.

"일어나서 죽 먹어!"

여자애가 소리를 질렀다. 그 말에 남자애가 일어났다.

"어디서 난 거야? 또 훔쳤어?"

"훔치긴 뭘 훔쳐. 내가 무슨 도둑이야, 맨날 훔치게."

"그러면 어디서 난 거야? 누나 돈 없잖아."

"훔친 것도 아니고 빌린 것도 아니니까 걱정하지 말고 먹기나 해."

여자애가 톡 쏘고는 플라스틱 숟가락을 남자애에게 쥐어주었다. 남자애는 새삼 울먹이며 죽을 떠먹었다.

"누나도 먹어."

"됐어. 너나 다 먹어. 하나도 남기지 말고. 남겼다간 가만두나 봐라."

여자애는 여전히 쏘는 듯이 말했지만 목소리는 이미 많이 죽어 있었다.

"훔친 돈으로 산 거 아니야. 그러니 걱정하지 말고 먹어. 식당에서 하루 종일 알바했다. 안 된다는 걸 통사정해서 일해 약 사고 남은 음식을 얻어 온 거야."

그 말을 하며 여자애는 봉지에 든 음식을 이것저것 꺼내 남자애 앞에 들이밀었다.

"죽 먹기 싫으면 밥 먹어. 죽을 병 아니야. 사내새끼가 그만한 일로 병은 무슨 병이야."

그 말에 남자애가 히죽 웃었다.

"웃는 걸 보니 걱정 안 해도 되겠구나."

여자애가 따라 웃었다.

"힘들면 내일 집으로 돌아가. 전화번호 알려주면 내가 집에 전화해줄게."

"그건 절대 안 돼."

"왜 안 된다는 건데? 아픈데 어딜 돌아다녀?"

"그래도 그건 안 돼."

"누굴 고생시키려고 작정을 했나. 그리고 내가 어째서 니 누나야? 그놈의 누나라는 말 집어치워."

여자애가 다시 역정을 냈다. 그러는 사이 남자애는 이것저것음식을 집어 먹었다. 입맛이 없는지 별로 먹지는 않았다. 그걸 본 여자애가 밖으로 나가더니 주전자에 물을 담아 와 약과 함께 내밀었다. 남자애는 약을 먹고 다시 누웠다. 희미한 전등 불빛이 방안에 가득 차 있었다. 밖에서 간간이 사람 소리가 들리기는 했지만 집은 쥐 죽은 듯이 조용했다.

"솔직히 말해봐. 집에 가고 싶지?"

그 말에 남자애는 아무 말도 하지 않았다.

"거봐, 가고 싶잖아. 그러니 그만 내일 돌아가."

그래도 남자애는 말하지 않았다.

"새엄마 왜 싫어하니? 나 같으면 그런 엄마 만났으면 업고라도 살겠다."

"엄마한테 미안해서."

"왜 미안해?"

128

"엄말 잊어버릴 것 같아서."

"얘가 무슨 말을 하는 거야?"

"진짜 엄마 말이야. 진짜 엄마한테 미안해서. 지금 엄마한테 엄마라고 부르면 진짜 엄마를 잊어버릴 것 같아서 겁이 나."

그러면서 남자애가 눈물을 주르륵 흘렸다. 여자애의 눈시울도 뜨거워졌다.

"말이 되는 소리를 해라. 널 버리고 간 엄마가 무슨 엄마야. 낳으면 다 엄마야? 엄마가 진짜가 어딨고 가짜가 어딨어. 널 잘 키워주면 그게 진짜 엄마지."

"그래도. 우리 엄마 불쌍하잖아. 맨날 아빠한테 맞고만 살았는데. 내가 보고 싶어도 집에 못 오는데. 그래서 학교 교문 앞에서 기다리고 있는데."

"그러면 진짜 엄마를 만났다는 거야?"

"응."

"언제?"

"전에 몇 번. 그렇지만 아빠한테 절대로 이야기하면 안 돼."

"알았어. 어디 사는지는 알아?"

"몰라. 멀리 산대. 그래서 자주 못 온대."

"전화번호는?"

"안 가르쳐줬어."

"애를 갖고 장난치는 거야 뭐야. 갔으면 끝이지, 왜 애 마음을 흔들어대."

여자애가 소리를 질렀다.

"다시는 오지 말라고 해."

"싫어. 안 그럴 거야."

"니 마음대로 해. 그렇지만 집에는 돌아가. 더 이상 널 데리고 다니기 싫어."

"누난 내가 싫어?"

"그래, 싫다. 너 같으면 좋겠냐?"

여자애가 말했다. 그 말에 남자애는 아무 말 없이 돌아누웠다.

"그렇다고 삐치긴."

여자애가 등 뒤에 대고 말했다.

"내일은 뭐 할 거야?"

남자애가 돌아누운 채 물었다.

"뭐 하긴, 다시 식당에 가서 돈 벌어야지. 니 병이 나을 때까진 여기 있어야 할 거잖아."

여자애가 퉁명스럽게 말했다.

"누나 고마워. 정말 누나가 내 누나였으면 좋겠어."

"얼씨구. 살 만한가 보다."

여자애가 싫지 않은 목소리로 말했다.

"그만 자. 일찍부터 일 나가야 돼."

그 말을 하고 여자애는 불을 끄고 남자애 옆에 누웠다. 피로가 한꺼번에 밀어닥쳤다. 편의점에서 잠깐 일해본 후 처음 해보는 일이었다. 식당 일은 편의점에 비해 훨씬 힘들었다. 종일 서서 그

룻을 씻고 음식물 찌꺼기를 처리하느라 쉴 틈이 없었다. 다리가 통통 붓는 것 같았다. 손님이 많을 때는 홀 서빙까지 거들어야 했다. 그래도 하루 일을 마치고 나니 뿌듯한 느낌이 들었다.

"일 잘하네. 야물딱지고."

주인아주머니가 일당을 주면서 말했다.

"시간 나면 내일 또 와."

돈을 받고 꾸벅 절하는 여자애에게 아주머니가 말했다. 그 말이 무엇보다 기뻤다. 잘하면 식당에서 며칠 열심히 일해서 다시 여행을 나설 수도 있을 것 같았다. 더 일찍 이 일을 생각해내지 못한 게 아쉬웠다.

다음 날 아침 여자애는 일찍 여인숙을 나서다가 주인 여자와 마주쳤다. 여자애는 그녀를 보자 어제의 기억이 떠오르면서 화가 치밀었다. 여자는 한결 온순해져 있었다. 돈을 받아 쥐고 나니 안심이 되는 모양이었다.

"벌써 나가는 모양이네. 어제는 경황이 없어서. 미안하다. 오늘은 동생을 한번 들여다보마."

주인 여자는 웃음까지 띠면서 말했다. 여자애는 그런 그녀에게 정나미가 떨어졌다. 실컷 욕이라도 퍼붓고 싶었지만 남자애를 생각해서 꾹 참았다.

"부탁할게요."

여자애는 그 말만 하고 밖으로 나와 곧장 식당으로 향했다. 할 일이 있다는 게 이렇게 고마운 것인 줄 처음 느꼈다.

　여자애는 닷새 동안 식당에서 일했다. 매일 열 시간씩 일하고 받은 4만 원에서 방값 3만 원을 빼고 나면 겨우 만 원이 남았다. 그 돈으로 약을 사면 주머니에 남는 것은 1,000원짜리 서너 장이 었다. 그나마 식당에서 얻어 온 음식 덕분에 먹을 걱정은 하지 않았다.

　그사이 남자애는 열이 내려가서 많이 좋아졌다.

　엿새째 되는 날 두 아이는 여인숙에서 나왔다. 주인 여자는 아쉬운 듯이 더 있으면 돈을 깎아주겠다고 했다.

　"돌아다니면 고생밖에 더 해. 아직 애도 성찮은 거 같은데 며칠 더 쉬었다 가."

　여자는 눈웃음까지 쳤다.

　여인숙을 나서면서 여자애는 담벼락에 침을 뱉었다.

　"벼락이나 맞아라."

　그 말에 남자애가 킬킬거리며 웃었다.

　남자애는 다시 거리에 나오니 그렇게 좋을 수가 없었다. 둘은 아침부터 시내를 돌아다녔다.

　"이 좋은 데를 두고 며칠이나 식당에서 썩었다, 내가. 너 때문에."

　여자애가 남자애의 등을 쳤다. 두 아이는 모처럼 해방감을 만끽했다. 어제저녁 식당에서 얻어 온 음식이 있어서 오늘 하루는

먹을 걱정은 하지 않아도 될 것 같았다.

"나 있지, 칭찬받았다."

여자애가 길을 가면서 남자애에게 말했다.

"누나가? 에이, 설마. 잘못 들었겠지."

"뭐? 이게."

여자애가 남자애를 때릴 듯이 손을 드는 시늉을 하자, 남자애가 두 손을 들어 막는 자세를 취했다.

"식당 아줌마가 나보고 일 잘한대. 요리를 배우면 잘할 거래."

"진짜? 우와, 누나가 식당 차리면 난 공짜 손님 해도 되겠다."

"누구 맘대로?"

"나한테도 돈 받을 거야?"

"그럼. 내가 투자한 약값까지 합쳐 바가지로 받을 거다."

"안 간다, 안 가."

"누가 오랬니? 오지 마라."

여자애가 남자애를 밀어내는 시늉을 하며 말했다. 남자애는 저만큼 밀려나는 듯하더니 다시 여자애 옆에 달라붙었다.

"나 있지, 초콜릿 만드는 기술을 배워볼까 해. 유명한 초콜릿 회사를 차릴 거야."

여자애가 말했다. 그 말에 남자애가 펄쩍 뛰었다.

"그건 안 돼. 내가 하기로 한 일이잖아. 남의 일을 가로채는 게 어딨어?"

"넌 다른 일 알아봐. 내가 초콜릿을 만들기로 했으니까. 알았냐?"

"안 돼. 그건 내 거야."

"내 것 좋아하네. 먼저 하면 임자지. 아무튼 난 초콜릿 회사 사장이 될 거니까 넌 알아서 해. 절대 양보 못 해. 정 할 일 없으면 내 밑에서 일하든가."

"그러면 그 회사, 나 줄 거야?"

"뭐? 너 달라고? 욕심하고는. 뭐 한번 생각은 해보지."

"진짜? 그러면 누나가 해. 히히."

"순 날강도 아냐?"

그렇게 떠드는 사이 두 아이는 광한루 앞에 도착했다. 전혀 계획하지 않은 일이었다. 아이들은 낯선 풍경에 어리둥절해 주위를 두리번거렸다.

"여기가 어디야?"

"와, 춘향이가 사는 데래. 누나, 우리 구경 가자."

광한루 안내판을 보더니 남자애가 소리를 질렀다.

"뭐 춘향이? 배부른 소리 하고 있네. 왜 돈 좀 있으니 근질근질 해? 니가 벌었냐? 내가 벌었지. 허튼소리 하지 마."

여자애가 말했다. 그러면서도 두 아이는 매표소 앞에서 얼쩡거렸다. 남자애는 호기심이 나는지 연신 안을 기웃거렸다.

"그래, 까짓것 한번 구경이나 하자. 언제 또 오겠어."

그 말을 하고는 여자애가 매표소로 가서 주머니에서 만 원짜리를 꺼내 표 두 장과 잔돈을 받았다.

안으로 들어서자 낯선 세계가 펼쳐져 있었다. 타임머신을 타고 과거로 날아온 것 같았다.

두 아이는 광한루를 돌아다녔다. 이른 시간이라 사람들이 많지 않았다. 이리저리 돌아다니다가 누각에 올라갔다. 아무도 없었다. 두 아이는 큰대자로 뻗어 누웠다. 바람이 가볍게 불었다. 세상에 근심이 하나도 없는 것 같았다.

"나도 남자로 태어났으면 좋았을걸."

여자애가 말했다.

"뭐가 좋은데?"

"왜 안 좋아. 남자가 되면 자기 마음대로 해도 되는데."

"여자도 하면 되잖아. 누난 그러면서."

"그러는 거 좋아하네."

두 아이는 그곳에 누워 서로 다른 꿈을 꾸었다.

남자애는 엄마와 자기를 무지막지하게 때리고 밟고 욕을 퍼붓는 아빠를 떠올렸다. 아빠가 술을 마시고 들어오는 날엔 집은 지옥이었다. 아빠가 고함을 지르면서 골목길을 들어서는 소리가 들리면 남자애의 몸은 골목 한 귀퉁이에 버려진 죽은 고양이 사체처럼 뻣뻣하게 굳었다. 그런 아이를 엄마는 얼른 방 안으로 밀어넣고 문을 막아 섰지만 아무 소용이 없었다.

"차라리 날 죽여요."

엄마는 번번이 앙칼지게 소리를 질렀다. 그러고는 남자애를 꼭 끌어안고 웅크린 채 신음 소리조차 내지 않고 아빠의 매질을 버텼다. 엄마가 떠난 후 새엄마가 남자애를 끌어안았다. 새엄마마저 떠나고 나니 남자애는 두려웠다. 아빠 앞에 부들부들 떨며 서 있는 자신이 죽기보다 싫었다. 그 생각에 남자애는 증오심이 끓어오르면서 손을 꽉 쥔 채 몸을 부르르 떨었다.

죽여버릴 거야.

남자애는 마음속으로 외쳤다.

그사이 여자애는 엄마 아빠의 손을 잡고 깔깔거리며 공원을 돌아다니고 있는 한 소녀를 떠올렸다. 소녀의 마음은 그 손에 들린 풍선만큼 하늘 높이 날고 있었다. 여자애는 머리를 흔들어 그 소녀를 지워버렸다. 소녀의 모습이 잔상처럼 하늘로 날아오르며 희미해져갔다. 여자애는 그 소녀를 잡으려는 듯 허공으로 손을 뻗었다.

두 아이가 광한루에 누워 있는 사이, 사람들이 웅성거리는 소리가 들렸다. 돌아보니 단체 손님인 듯한 한 무리의 사람들이 계단을 올라오고 있었다. 아이들은 나쁜 짓을 하다 들킨 사람처럼 벌떡 일어나서는 허겁지겁 신발을 신고 그곳에서 빠져나왔다.

시간이 갈수록 광한루에는 사람들이 몰려들었다. 깃발을 든 일본 관광객들이 들어왔다. 간간이 중국어도 들렸다.

"가자. 재미없다."

그 말을 하며 여자애가 앞장섰다. 곧 남자애도 따라나섰다.

두 아이는 어슬렁거리다 춘향의 초상화 앞에 섰다. 여자애와 남자애는 나란히 서서 초상을 바라보았다. 남자애는 춘향의 초상

화를 바라보다가 무심코 여자애의 얼굴을 쳐다보았다. 두 얼굴이 닮은 것 같았다. 남자애는 누나와 결혼하면 좋겠다는 생각을 했다. 그 생각에 남자애의 얼굴이 붉어졌다. 남자애는 자기 마음이 들킬까 봐 얼른 그 자리를 떴다. 그 뒤를 여자애가 따라왔다.

"춘향이가 뭐 대단한 줄 알았더니 별것도 아니네."

"예쁘잖아."

"예쁘긴. 그게 예쁘면 예쁜 여자 다 죽었겠다."

"아냐, 예쁘다니까."

"안 예뻐."

"예쁜 거 맞아!"

남자애가 버럭 소리를 지르고는 씩씩거리며 앞서갔다.

"지가 왜 난리야. 안 예쁘다는데."

여자애가 뒤따라가며 말했다. 여자애는 남자애의 갑작스러운 태도에 고개를 갸우뚱했다.

"아프고 나더니 맛이 갔나?"

여자애는 혼자 중얼거렸다.

"누나가 춘향이보다 더 예쁜 거 같아."

남자애가 가다 말고 돌아서며 말했다.

"꼴에 사람 볼 줄은 알아서. 그걸 말이라고 해."

여자애가 짐짓 어깨를 펴며 대답했다.

"하여튼 남자들이란 어른이나 애나 이쁜 건 안다니까."

"누나, 농담으로 한 말인데."

"뭐?"

그 말에 여자애의 눈이 위로 치켜 올라가더니 곧 웃음을 터뜨렸다.

"하긴, 내가 춘향이면 니가 이몽룡이게. 생각만 해도 끔찍하다."

그 말을 하며 여자애가 킬킬거렸다.

"이리 오너라 업고 놀자. 이리 보아도 내 사랑 저리 보아도 내 사랑."

여자애는 느닷없이 소리를 지르며 남자애 주위를 돌았다. 어디에서 들었는지 자못 장단을 맞추며 어색한 폼으로 춤사위까지 곁들였다. 그걸 본 남자애가 당황한 채 웃었다.

"누나 향단이 같아."

여자애가 남자애 등을 사정없이 때렸다.

"아야. 왜 때려?"

"맞을 짓을 했으니까 때리지."

"치이."

남자애가 말했다.

"나 있지, 나중에 누나 같은 여자와 결혼할 거다."

"얼씨구, 제발 좀 그래라. 너한테는 과분하지."

그 말에 가을 하늘이 쨍하고 금이 갔다. 하늘은 구름 한 점 없이 푸르렀다.

두 아이는 어느덧 출구를 나왔다.

밖으로 나오는 순간, 그들은 다시 다른 세계에 있었다. 같은 공간에 있었지만 두 세계는 전혀 다른 곳에 존재했다. 두 아이에게는 한순간 그 사이의 거리가 아득하게 느껴졌다.

정말 옛날에는 사람들이 저런 곳에서 살았을까.

여자애는 문득 생각했다. 어쩌면 옛날이라는 것은 사람들이 상상으로 만들어낸 세계가 아닐까 하는 생각이 들었다. 옛날은 없는데 사람들의 상상 속에서만 존재하는 세계 같았다.

여자애는 혼란스러웠다. 며칠 사이 모든 것이 뒤죽박죽되었다. 자신이 어느 세계에 있는지, 자신이 있는 세계가 어떤 곳인지 알 수 없었다. 멀리 있을 때는 분명해 보이던 모든 것이 다가갈수록 흐릿해지고 경계가 지워졌다. 자신이 누구인지도 알 수 없었다. 자기 몸속에 여러 명의 자신이 들어 있는 듯했다. 닥치는 대로 부수고 망가뜨리고 싶은 나. 아껴주고 보듬어주고 뭐든 가진 것은 다 주고 싶은 나. 미워하고 악쓰고 욕하고 반항하는 나. 사랑과 칭찬을 갈구하는 나. 여자애는 자신의 모습을 하나씩 곱씹어보았다.

두 아이는 공원 근처 벤치에 나란히 앉았다. 할 일이 없었다. 돌아다니는 일도 따분했다. 다시 원래 자리로 돌아가서 그 자리에 있고 싶었다. 변하는 게 두려웠다. 그러나 그곳이 지금 두 아이에게는 아득히 다른 세상 같아 보였다. 다시는 돌아갈 수 없는 세계 같았다. 아무도 그들에게 관심이 없었다.

두 아이는 버림받은 듯한 느낌이 들었다. 그들이 이 자리에서 그대로 증발해도 세상은 달라지는 게 아무것도 없고, 아무도 그들이 사라진 걸 기억해줄 것 같지 않았다. 그런 생각을 하자 와락 무서워졌다.

"누나 계속 갈 거야?"

"몰라."

"어디까지 갈 건데?"

"몰라."

"모르면 어떻게 해."

"모르니까 모르는 거지."

"누나 무서워."

"뭐가?"

"그냥. 우리 집이 그대로 있을까?"

"몰라. 벌써 외계인들이 차지했을 거야. 아마 그곳은 사라지고 없을지도 몰라. 세상 엄마 아빠는 다 외계인들일 거야. 그러니까 서로 말이 통하지 않지. 말이 안 통하니까 때리고 욕하고 그러지."

"때리고 욕하면 말이 통해?"

"몰라. 그래도 시원하잖아. 쟤가 나 때문에 아파할 거라는 생각이 들면 기분이 좋아지고, 쟤가 길길이 날뛰는 걸 보면 나한테 관심이 있는 거 같아 보이고, 뭐 그렇지."

"그게 무슨 말이야?"

"너 같은 초딩이 뭘 알겠냐. 이 누나의 철학적인 말씀을. 입만 아프다, 그만두자. 너도 내 나이 돼봐라, 다 알게 될 거다."

"누나가 무슨 어른이라고. 웃기셔."

"초딩에 비하면 어른도 한참 어른이지."

그 말을 하며 여자애가 벤치에 벌러덩 드러누웠다. 그런 여자애를 보면서 남자애는 문득 엄마를 생각했다. 아빠만 없으면 행복할 것 같았다. 남자애는 마음속으로 아빠를 죽일 궁리를 했다.

"누나, 오늘 밤 어디서 잘 거야?"

남자애가 생각하다 말고 물었다.

"글쎄다. 밤새도록 걸어볼까? 해가 뜰 때까지 말이야."

"진짜?"

"뭐 니가 원한다면 그럴 수도 있지."

"그러자."

남자애가 좋아서 소리를 질렀다. 정말 달이 환한 길을 밤새도록 걸어보고 싶었다. 여자애와 함께 걷는다면 무섭지 않을 것 같았다.

그 말을 남기고 여자애는 눈을 감았다.

여자애는 스르르 잠이 왔다. 며칠 남자애 때문에 잠을 제대로 자지 못해 피로가 한꺼번에 몰려들었다. 그대로 며칠이라도 잘 수 있을 것 같았다.

여자애는 곧 깊은 잠 속으로 빠져들었다. 영원히 깨지 않을 것 같았다. 그런 여자애를 남자애가 옆에서 지켰다. 이번만은 절대로 누나 곁을 떠나지 않을 거라고 맹세했다.

시간이 많이 흘렀지만 남자애는 집요할 정도로 앉아서 기다렸다. 배고픈 것도 잊어버렸다. 여자애를 바라보던 남자애는 이따금 그 애가 깨어나지 않을까 봐 두려웠다. 누군가를 자기가 지키고 있다는 생각에 가슴이 뛰었다. 세상에 누군가 자기가 지켜줘야 할 사람이 있다는 것이 행복했다. 그 행복을 오랫동안 누리고 싶었다.

툭.

뭔가가 졸고 있는 남자애 머리를 훑고 지나가더니 얼음처럼 차가운 기운이 몸속으로 파고들었다. 남자애는 놀라 잠이 깼다. 빗방울이었다. 처음에는 한 방울씩 떨어지던 비가 금방 후드득거리며 떨어졌다. 하늘은 잔뜩 찌푸리고 컴컴했다.

남자애가 고개를 돌리니 여자애는 세상모르고 자고 있었다. 빗방울이 여자애 얼굴에 부딪쳐 깨진 거울 조각처럼 흩어졌다. 날카로운 조각이 여자애 얼굴에 파고들 것만 같았다. 남자애는 두 손을 들어 여자애 얼굴 위를 가렸다. 곧 손가락 사이에 모여든 물이 줄기가 되어 여자애 얼굴에 흘러내렸다. 그 물줄기에 여자애가 잠을 깼다.

여자애는 잠시 두리번거리다가 남자애를 보았다.

"비 오는데 안 깨우고 뭐 하냐?"

여자애가 몸을 일으키며 말했다. 그 말에 남자애가 머쓱해서 손을 거두었다.

"누나, 어떻게 할 거야?"

"뭘 어떻게 해? 일단 비를 피해야지."

그 말을 하고 여자애가 먼저 일어섰다. 남자애가 따라 일어났다. 빗방울이 굵어지고 있었다.

두 아이는 근처에 있는 상가 처마 밑으로 달려갔다. 빗줄기가 금방 거칠어지면서 도로와 주차장에 물안개가 피어오르고 있었다. 물안개 속에서 뛰어다니는 사람들이 유령 같았다. 두 아이는 처마 밑에서 멍하니 거리를 쳐다보았다.

잠시 후 광한루에 있던 관광객들이 한꺼번에 몰려나왔다. 그들은 모두 비를 피하려는 듯이 머리 위에 무언가를 덮고 있었다.

관광객들은 흩어지더니 가게를 기웃거리거나 관광버스로 이동했다. 두 아이가 있는 곳으로도 교복을 입은 학생들이 깔깔거리며 몰려왔다. 가게들마다 아이들의 고함 소리로 시끄러웠다. 그걸 바라보는 여자애의 눈이 젖어들었다.

"가자!"

여자애가 갑자기 남자애를 당기며 말했다.

"비 오는데 어디 가?"

"비 좀 맞는다고 죽기야 하겠어?"

그 말을 남기고 여자애가 먼저 빗속으로 걸어갔다. 여자애가 금방 뽀얀 비안개 사이로 지워지고 있었다. 남자애가 화들짝 놀라 달려갔다.

두 아이는 비에 흠뻑 젖은 채 길을 따라 걸어갔다. 물안개가 두 아이를 감쌌다. 걸을 때마다 신발이 질퍽거렸다. 두 아이는 서두르는 기색 없이 천천히 걸었다. 아이들이 빗속에 젖어들고 있었다. 그대로 가뭇없이 비에 녹아내려 하수구로 스며들 것 같았다.

두 아이는 비에 젖은 채 거리를 돌아다녔다. 젖은 몸에서 김이 무럭무럭 났다. 여자애는 밤을 보낼 장소를 찾아 두리번거렸지만 아무 데도 잘 곳이 없었다.

"누나, 어디까지 갈 거야?"

"몰라."

"추워. 다리도 아프고."

남자애가 칭얼거리기 시작했다. 그 말에 여자애가 걸음을 멈추고는 그 애를 돌아봤다. 떨고 있었다. 남자애의 병이 덧나지나 않을까 와락 겁이 났다.

여자애는 남자애를 이끌고 다시 어느 집 처마 밑에 섰다. 흥건히 젖은 몸에서 비가 강줄기처럼 흘러내렸다. 도로에는 네온사인이 반사되어 흔들리고 있었다. 빗줄기가 조금씩 가늘어졌다. 두 아이 모두 옷에서 물기가 빠지면서 한기가 몰려들었다.

"화장실에 가서 자자."

"싫어."

"그러면 어떡하려고?"

"그냥 걸어. 그러기로 했잖아."

"다리 아프다면서?"

"그래도 화장실은 싫어."

남자애가 와들와들 떨었다.

"또 병나면 정말 버리고 갈 거다. 그때도 버리고 가려다가 차마

못 그런 줄만 알아.”

“그래도 화장실엔 안 가!”

“알았어. 하여튼 다시 가보자. 설마 하룻밤 보낼 데가 없기야
하겠냐.”

그사이 비는 거의 잦아들었다. 지나가는 소나기 같았다. 아직
조금씩 내리긴 했지만, 그 정도 비라면 맞을 만했다.

두 아이는 다시 길로 나섰다. 거리는 한산했다. 멀리 보이는 주
차장의 관광버스들도 모두 떠나고 빈 주차장엔 가로등만 휑하니
켜져 있었다.

아이들은 길을 걸어가면서 여기저기 기웃거렸다. 어디든 몸을
비집고 들어가서 누울 자리만 있으면 행복할 것 같았다. 쇳덩어
리를 멘 듯 몸이 무거웠다.

두 아이는 한참 동안 거리를 돌다가 작은 공용 주차장에 닿았
다. 서너 대의 차가 비를 맞으며 서 있었다. 그 차들을 기웃거리다
가 버려진 차 한 대를 발견했다. 번호판이 떨어지고 없는 차였다.

여자애가 그 차로 다가가 문을 잡아당겼다. 잠겨 있었다. 여자
애는 주변을 뒤적거렸다. 남자애도 같이 두리번거리다가 철사 조
각을 하나 찾았다. 그걸 받아 든 여자애가 차 문을 땄다.

차에 들어가니 퀴퀴한 가죽 냄새가 났지만 아늑했다.

“와, 살 것 같다.”

남자애가 소리를 질렀다.

"조용히 해. 아무 데서나 소리를 지르고 있어?"

여자애가 낮은 목소리로 핀잔을 주었다. 그 말에 남자애가 입을 다물었다.

다행히 주차장은 후미진 곳에 있어서 지나다니는 사람들이 없었다. 비까지 오는 밤이어서 들킬 염려는 없을 것 같았다. 아이들은 시트를 뒤로 젖히고 누웠다. 젖은 옷이 몸에 들러붙어 끈적거렸지만, 그래도 누우니 편안했다.

"누나, 이런 좋은 차를 왜 버렸을까?"

"난들 알아?"

여자애는 피곤한 듯이 말했다.

"이 차 주인 진짜 부자인가 봐. 이런 차를 버리게."

남자애가 차 안을 두리번거리며 말했다. 여자애는 그 말에 대꾸하지 않았다.

두 아이는 한참 아무 말 없이 누워 있었다. 창밖으로 희미하게 불빛이 비쳐 들었다. 그 빛 사이로 두 아이는 서로 간신히 얼굴을 알아볼 수 있었다. 다시 비가 오는지 차창에 빗방울이 흘러내리고 곧 지붕에서 빗소리가 들렸다.

"누나, 또 비가 오나 봐."

"알아."

여자애가 힘없이 말했다.

남자애는 심심했다. 계속 몸을 부스럭거렸지만 여자애는 잠이 든 듯이 조용히 누워 있었다. 남자애는 여자애가 정말 잠을 잘까 봐 겁이 났다. 이런 곳에 혼자 깨어 있으면 무서울 것 같았다.

"슬픈 기억은 다 잊어버리고 좋은 기억만 남는 약이 있었으면 좋겠어."

남자애가 갑자기 엉뚱한 말을 했다.

그 느닷없는 말에 여자애가 고개를 돌려 남자애를 쳐다보았다.

"왜?"

"그러면 엄마도 아빠도 좋게만 기억할 수 있잖아."

"좋게만 기억하면 뭐가 좋은데?"

"그냥. 그러면 아빠가 날 때린 기억도 잊어버리고, 엄마가 떠난 기억도 잊어버리고."

"그래서 뭐가 달라지는데? 그렇다고 엄마가 돌아오고 아빠가 착한 사람이 될 거 같아?"

"아니, 그냥. 그래도 나쁜 기억을 다 지워버리면 좋은 기억이 몇 개는 남아 있을 거잖아."

"뭐 그럴지도 모르지. 하지만 나쁜 기억이라고 다 지워버리면 맨날 그렇게 산다. 맨날 당하고는 힘드니까 그냥 지워버리고 또 당하면서 살고 또 지워버리고. 그게 뭐니?"

두 아이는 감상에 빠져들었다.

"정말 나쁜 기억을 지우는 약이 있으면 누나는 그렇게 할 거야?"

"나? 안 해."

"왜?"

"나한테 못되게 군 사람들을 다 잊어버리면 그게 바보 병신이지. 난 똑똑히 기억할 거다."

"기억해서 뭐 할 건데?"

"뭘 하든 기억할 거야."

"복수할 거야?"

"할 수만 있다면 해야지. 넌 복수 안 할 거야?"

"모르겠어. 누난 내가 가장 듣고 싶은 말이 뭔지 알아?"

"뭔데?"

"미안하다는 말이야."

"생뚱맞게 그게 무슨 말이야?"

"아빠가 나한테 미안하다는 말을 해줬으면 좋겠어. 엄마도."

"짜식."

그 말을 하며 여자애가 남자애의 머리를 거칠게 쓰다듬었다.

"그만두자. 마음만 심란해진다."

그 말에 남자애가 아무 말도 하지 않았다.

"미안해. 내가 대신 사과할게. 진심이야."

잠시 후 여자애가 남자애의 젖은 머리를 만지며 말했다. 빗소리가 더욱 거칠어지고 있었다. 남자애의 어깨가 들썩거렸다. 여자애의 말에 남자애를 짓누르고 있던 커다란 바위 한쪽이 깨져서 떨어져 내리는 것 같았다.

7

두 아이는 다시 거리에 섰다. 벌써 열흘이나 돌아다녀서 어느 정도 거리 생활에 익숙해졌다. 걷는 모습도 한결 여유롭고 느긋했다. 늘 불안한 시선으로 주위를 두리번거리던 예전 모습도 많이 사라졌다. 두 아이는 어느새 거리의 아이들이 되어가고 있었다.

여자애는 앞서가는 남자애를 뒤따라가다 무심코 그 뒷모습을 보고는 깜짝 놀랐다. 이대로 조금만 더 가면 남자애는 다시는 집이나 학교로 돌아갈 수 없게 될 것 같았다. 아이는 조금씩 거리에 녹아들고 있었다. 완전히 녹아드는 찰나, 아이는 연기처럼 이 세상에서 지워질 것이다. 문득 그런 생각이 들었다. 남자애에게서는 어느새 거리 사람들의 냄새가 나고 있었다. 여자애는 팔을 들어 자신의 냄새를 맡았다.

"짜식, 이젠 폼이 나오는데."

여자애가 남자애의 어깨를 툭 치며 큰 소리로 말했다. 남자애는 여자애를 한 번 돌아보고는 아무것도 모르는 듯이 웃었다.

남자애는 두 손을 주머니에 집어넣은 채 건들거리며 걷고 있었다. 그사이 한 뼘이나 더 큰 것 같았다. 몸살을 앓고 난 후 목소리도 조금 변한 것 같았다. 어딘가 약간 쉰 듯하고 무거워 보였다.

두 아이는 다시 바닷가에 섰다. 방파제 너머로 파도가 일고 있었다. 파도는 힘차게 밀려와서는 방파제에 부딪쳐 작은 포말들로 흩어졌다. 두 아이를 향해 달려오라고 손짓하는 것 같았다.

두 아이는 방파제 너머 거대한 콘크리트 더미들 위에 올라 파도를 바라보았다. 물결이 몸에 튀었다. 육지의 끝이었다. 그들 앞에는 드넓은 바다만 놓여 있었다. 그 너머에 무엇이 있을지 궁금했다. 두 아이는 여행의 끝에 다다랐다는 것을 알았다.

두 아이는 방파제에 앉아 꼼짝하지 않았다. 그곳을 떠나고 싶지 않았다. 할 수만 있다면 그 자리에 그대로 조각상이 되어 남아도 좋을 것 같았다. 남자애는 다리를 계속 흔들어댔다. 무엇인가 마음속으로 박자를 맞추어 노래를 부르는 것 같았다.

"무슨 생각하니?"

여자애가 앞을 바라본 채로 물었다.

"누난?"

"그냥. 아무 생각도 하기 싫어."

"나도 그래. 그런데 누나, 바다 건너에는 뭐가 있을까?"

"글쎄. 우리 같은 아이들이 그곳 바닷가에서 서성거리고 있겠지. 꼭 우리 같은 애들이 말이다. 갈 데도 없고 오라는 데도 없고 가고 싶은 데도 없는 아이들이 말이다. 그런데도 어딘가로 가야 하는 애들이 말이다. 가라고 자꾸만 등 떠밀리고 내몰리는 아이들이 말이다."

"왜 어른들은 우릴 가만 내버려 두지 않아?"

"그래야 어른이니까."

"그게 무슨 말이야?"

"나도 몰라."

문득 여자애 생각에 어른들은 어린 시절의 기억을 다 잊어버린 기억상실증 환자 같았다. 그들은 하나같이 어린 시절을 건너뛴 사람처럼 아이들을 닦달하고 몰아댔다. 마치 아이들이 행복하면 자신들이 불행해진다는 듯이 말이다. 아니면 자신들의 불행한 어린 시절에 복수라도 하듯이 말이다. 그렇지 않다면 이렇게까지 할 수 없다. 그런데 아이들은 아직 어른이 아니었다. 그래서 어른과 아이들은 만날 수 없다. 그 사이에는 두 세계가 만날 수 있는 공간이 없었다.

"이다음에 어른이 되면 선원이 될까 봐. 온 세상을 마음대로 돌아다니고 싶어."

남자애가 흘낏 여자애를 쳐다보며 말했다.

"초콜릿 공장은 어떻게 하고?"

"그건 누나가 하기로 했잖아."

"아 그랬지. 정말 나한테 양보한 거야?"

"응. 누나가 하고 싶으면 해. 이젠 누나 거니까."

"짜식, 고마워."

여자애가 남자애의 옆구리를 가볍게 쳤다. 두 아이는 서로 쳐다보며 웃고는 다시 바다를 바라보았다. 수평선 끝에서 하늘과 바다가 하나로 이어져 있었다.

우리도 끝없이 가다 보면 저 하늘과 바다처럼 어딘가에서 만날 수 있을까?

여자애는 문득 그런 생각을 했다.

어른과 아이들이 만날 수 있는 수평선 같은 것이 우리 삶에도 있을까? 이 아이와 나도 언젠가 저 수평선처럼 만날 지점이 있을까?

그 생각을 하며 여자애는 남자애를 오랫동안 바라보았다. 짧은 시간 함께 지냈지만, 그 시간이 아득히 긴 시간 같았다.

"저길 봐. 바다와 하늘이 맞닿았잖아. 아마 우리도 언젠가 저렇게 맞닿을 수 있을지 몰라."

"그게 무슨 말이야?"

여자애의 말에 남자애가 알 수 없다는 표정으로 물었다.

"초딩한테 내가 너무 어려운 얘기를 했나? 모르면 됐고."

여자애가 너스레를 떨고는 몸을 일으켰다.

하지만 수평선은 다가가면 끝없이 뒤로 물러날 거야. 언제나 수평선은 저만큼 멀리 있을 거야.

여자애는 일어서서 수평선을 바라보며 생각했다.

그래도 가봐야지. 확인은 해봐야지.

여자애는 문득 그런 생각이 들었다.

수평선 끝에 섬이 하나 가물가물했다.

어쩌면 저 섬이 수평선 끝인지도 몰라. 저 섬에 닿으면 수평선을 잡을 수 있을지도 몰라. 수평선은 우리 마음속에 있는 저 섬 같은 것인지도 몰라.

여자애는 다시 생각했다.

두 아이는 부둣가에서 서성거렸다. 돌아다니다가 지치면 벤치에 앉아 바다를 바라보았다. 그것만으로 충분히 행복했다. 할 수만 있다면 배를 타고 저 멀리로 나가보고 싶었다.

"누나. 나 여기서 살면 안 될까?"

"뭘 해서 살 건데?"

"누나처럼 알바하지."

"그냥 웃자."

"왜?"

"정신 차려라."

여자애는 남자애의 어깨를 잡아 얼굴을 제 얼굴에 바싹 잡아당겼다. 두 얼굴이 거의 맞닿았다.

"우린 여기 있음 안 돼."

여자애는 그렇게 말하고는 어깨를 놓아주었다. 그들의 시야에 배들이 가득 들어왔다.

"누나. 저 배들 중 하나만 빌리면 안 될까? 빌렸다가 돌려주면 되잖아."

"너 배 운전할 줄 알아?"

"자전거도 타는데 뭐."

"장하다."

그 말을 하며 여자애가 앞서 걸었다. 여자애도 배를 타고 싶은 마음이 간절했다. 배를 타고 저 섬까지 가보고 싶었다. 바다 한가운데에 가면 좀더 크게 숨을 쉴 수 있을 것 같았다. 그러나 그들에게 배를 태워줄 사람이 없다는 걸 여자애는 잘 알고 있었다.

두 아이는 바닷가 어시장을 돌아다녔다. 고기 비린내가 시장을 가득 채우고 있었다. 그 사이를 왔다 갔다 하며 가게마다 기웃거렸다. 사람들이 수없이 두 아이를 부딪히며 지나갔다. 사람들 틈에서 두 아이는 붙었다 떨어졌다 했다.

"와, 이 많은 걸 어디서 다 잡아?"

남자애는 감탄했다.

"나도 한번 잡아봤으면."

"고기한테 잡히지나 마라. 고기가 널 잡겠다."

여자애의 말에 남자애가 피식 웃었다.

"누나라면 몰라도 난 못 잡지."

"그래, 잘났다."

시장을 돌아다니며 두 아이는 계속 티격태격했다.

한참 돌아다니다가 여자애가 한곳에서 갑자기 걸음을 멈추었다. 좌판에 널어놓은 물고기들이 살아서 팔딱거리고 있었다. 여자애는 그 모습이 꼭 자기 같다는 생각을 했다. 살기 위해 거친 숨을 내쉬며 팔딱거리는 물고기가 어쩌면 자기인지 모른다는 생각에 소름이 끼쳤다. 할 수만 있다면 그 물고기들을 다시 바다로 돌려보내고 싶었다. 단 한 마리라도 그렇게 해주고 싶었다. 여자애는 주머니 속을 만지작거렸다.

여자애는 물고기들을 유심히 살펴보다가 작은 물고기 한 마리를 가리키며 주인에게 달라고 했다.

"한 마리만?"

주인 남자가 확인하듯이 물었다.

"예."

"저리 가!"

주인은 여자애를 다시 한번 힐끗 쳐다보고는 다른 손님에게로 가버렸다. 그러나 여자애는 그곳에서 꿈쩍도 하지 않은 채 계속 한 마리만 팔라고 했다.

"이 자식이 미쳤나? 왜 대낮부터 남의 장사를 방해해. 저리 꺼져."

남자가 거칠게 말했다. 그 말에도 여자애는 움직이려고 하지 않았다. 한 마리를 사지 않으면 끝내 떠나지 않겠다는 태도였다. 남자는 참지 못하고 좌판을 돌아오더니 여자애 멱살을 잡아 끌고 가서 밖에 내팽개쳤다.

"가뜩이나 장사가 안 되는데 별 게 다 속을 썩여."

남자가 손을 털며 다시 좌판으로 돌아갔다. 시장에 있던 사람들 모두 그 광경을 지켜보았다. 여자애는 사람들의 시선에 아랑곳하지 않고 일어나 다시 그곳으로 가려고 했다. 보다 못한 남자애가 그 애를 말렸다.

"누나, 그냥 가자."

남자애가 여자애 손을 잡아당겼다. 여자애는 그 손을 뿌리치고 다시 그곳에 갔다.

"한 마리만 파세요."

그 말에 주인 남자는 다시 여자애를 쳐다보았다. 한순간 그 눈에 불꽃이 번득였다. 그러나 이내 물고기 한 마리를 집어 들어 여자애에게 던져주었다.

"아뇨. 그것 말고 살아 있는 걸 주세요. 죽은 건 필요 없어요."

남자는 다시 화가 치밀어 오르는지 숨을 거칠게 내쉬었다. 주변 사람들이 그런 여자애를 못마땅한 듯이 쳐다보았다. 남자애는 그 곁에서 남자를 뚫어져라 빤히 쳐다보았다. 남자는 잠시 두 아이를 번갈아 쳐다보더니 살아 있는 물고기 한 마리를 집어 여자애에게 주었다. 여자애가 돈을 내밀었다.

"돈은 필요 없어. 그냥 갖고 가."

"안 돼요. 받으세요."

여자애가 억지로 잔돈을 내밀었다. 남자는 포기한 듯이 돈을 건성으로 받아 세어보지도 않고 주머니에 밀어 넣었다.

"물에 좀 넣어주세요."

여자애가 주인 남자에게 다시 말했다. 남자는 한숨을 한 번 쉬더니 아무 말도 않고 투명 비닐 하나를 꺼내 물고기를 담고는 거기에 물을 부어서 여자애에게 내밀었다.

"자. 얼른 갖고 가. 남의 장사 방해하지 말고."

남자의 목소리는 뜻밖에 낮고 건조했다. 여자애는 비닐봉지를 받아 들고 그곳을 떠났다.

"누나 그걸로 뭐 하려고?"

그사이 줄곧 아무 말 없이 지켜만 보던 남자애가 마침내 물었다.

"바다에 돌려보내 주려고."

"뭐? 다시 바다에 돌려보내 준다고?"

"그래."

"왜?"

"그러고 싶으니까. 뭐 달리 이유가 필요해?"

"그렇지만. 먹으려고 잡은 건데."

"잡았으면 다 먹어야 돼?"

"그래도 먹으려고 잡았으니 먹어야 되잖아. 근데 왜 한 마리야?"

"내 돈으로 살 수 있는 게 이 한 마리뿐이니까."

그 말을 하며 여자애가 물고기가 든 봉지를 치켜들었다. 비닐에 햇살이 눈부시게 반짝였다. 하늘의 구름이 비닐 위에 흘러가고 있었다.

두 아이는 이내 부두로 가서 바다를 살폈다. 파도가 너무 세고 거칠었다. 여자애는 손에 든 물고기를 사람들 눈에 띄지 않고 잡히지 않을 곳에 풀어주고 싶었다. 파도에 다치게 하고 싶지도 않았다.

여자애는 방파제를 떠나 해안을 따라 걸었다. 물고기는 손에 들린 채 출렁거렸다. 여자애는 물고기가 흔들리지 않도록 두 손으로 조심스럽게 안아 들었다. 물고기가 살아서 움직이고 있었다.

"와, 멋있다."

남자애가 물고기를 바라보며 소리를 질렀다.

"그런데 누나 어디까지 갈 거야?"

남자애가 한참 따라오다 지쳤는지 물었다.

"아무 데나 풀어줄 순 없잖아."

그 말을 하며 여자애는 계속 갔다.

마침내 파도가 잠잠하고 자갈이 깔린 해안을 찾은 여자애는 조심스럽게 물가로 다가갔다. 파도가 밀려와 자갈에 부서지고 있었다. 여자애가 비닐봉지를 풀어 물고기를 바다에 놓아주었다. 물고기는 잠시 두 아이 주위를 맴돌더니 이내 힘차게 헤엄치며 바다 깊이 사라졌다.

"누나, 물고기가 사라졌어."

남자애가 소리를 질렀다.

"잘 살까?"

"아마 그럴 거야."

여자애가 말하며 일어났다.

"가자."

"어디로?"

"아무 데나. 언제 우리가 정해놓고 다닌 적 있어? 돌아다니다
보면 뭔가 일이 생기겠지. 앉아서 아무 일 없이 있는 것보단 돌아
다니는 게 낫잖아."

그 말을 하는 여자애 발밑에서 자갈이 바스락거리는 소리가 났
다. 바다 소리였다. 그 소리가 재미있어 남자애는 자갈을 마구 밟
았다.

"자갈이 자갈자갈 소리를 내."

남자애가 신기한 듯이 말했다.

물고기를 바다에 놓아주고 나니 두 아이는 이상하게도 마음이
편했다. 그 물고기는 그들 대신 바다를 힘차게 돌아다닐 것이다.

"잡히지 말아야 될 텐데."

남자애가 잠시 근심스러운 듯이 말했다.

"안 잡힐 거야."

"누나가 어떻게 알아?"

"한 번 잡혔잖아. 그러니 알 거야."

"맞아. 그렇겠다."

남자애는 비로소 안심했다.

두 아이는 다시 시내를 어슬렁거렸다. 목포. 낯선 이름의 도시
였다. 그러나 그 낯섦이 오히려 두 아이를 끌어당겼다. 어디를 가

나 바다 내음이 나는 도시였다. 어느 도시나 비슷비슷한 모습이었지만 가는 곳마다 어딘가 다르고 새로웠다. 아이들은 그것이 좋았다. 눈만 밝게 뜨고 살펴보면 새로운 것이 아이들 눈에 들어왔다. 아이들은 그것에 끌려 시내를 돌아다녔다.

거리를 거니는 두 아이의 귀에 익숙하지 않은 말들이 파도처럼 쏟아져 들어왔다. 많은 말들이 귀에 부딪쳤다가 스쳐 지나갔다. 마치 파도 소리 같았다.

그 소리들 사이로 간간이 익숙한 말들이 들렸다. 지나치는 사람들마다 두 아이에게 익숙한 몸짓이나 언어와는 다른 무언가가 있었다. 여자애는 그 동작과 소리 들에 귀를 기울이며 걸었다.

"누나, 배고프다."

길을 가다가 남자애가 느닷없이 말했다.

"돈이 없어."

"하나도 없어?"

"아까 물고기 산다고 다 써버렸어."

"진짜야?"

남자애가 울상을 지었다. 배가 몹시 고픈 모양이었다. 여자애는 미안했지만 곧 그 생각을 지워버렸다. 물고기를 바다에 놓아주기 위해서라면 배고픔쯤이야 참을 수 있었다.

두 아이는 다시 식당마다 창에 얼굴을 대고 입맛을 다시며 음식 먹는 흉내를 냈다. 그러면서 서로 쳐다보며 깔깔거렸다. 처음 만났던 날, 거리를 돌아다니며 한 짓이 생각났다. 그 기억이 두 아이를 즐겁게 했다. 두 아이는 잠시 배고픈 것을 잊어버렸다.

그러는 사이 두 아이는 경찰서 앞을 지나쳤다. 남자애는 경찰서만 보면 거의 본능적으로 몸을 사렸다. 그 애는 경찰을 무서워했다. 경찰서 근처에 오자 긴장한 채 빠른 걸음으로 앞서갔다. 뒤따라가던 여자애가 게시판에 붙은 무언가를 흘낏 보았다. 남자애는 아무것도 보지 못한 듯 부지런히 앞서가고 있었다. 게시판으로 다가간 여자애는 그곳에 붙은 사진 한 장을 유심히 살펴봤다. 그때 남자애가 뒤돌아보더니 저만치 뒤처진 여자애를 불렀다.

"누나, 뭐 해?"

"아 아냐."

여자애는 얼른 그 벽보를 뜯어서 주머니에 넣고는 서둘러 남자애에게 다가갔다.

두 아이는 종일 굶었다. 낯선 도시에서 함부로 사람들에게 다가가기가 두려웠다. 두 아이는 배가 고팠다. 여자애는 끊임없이 뭔가를 먹어야 하는 자신이 싫었다. 그런 몸이 짜증스러웠다. 무슨 걸귀신이 든 것도 아니고. 여자애는 그런 귀신이 있다면 죽여버리고 싶었다. 그러면 그 욕망에서 벗어날 수 있을 것 같았다.

도시에 저녁 불빛이 비치기 시작했다. 그 거리를 두 아이는 배고픔을 잊기 위해 부지런히 돌아다녔다. 그러다가 마침내 부두로 돌아왔다.

저녁 부두는 불빛이 아름다웠다. 두 아이는 부두를 돌아다니며 먹을 것을 찾아다녔다. 개들이 부두에서 어슬렁거리고 있었다. 그 개들도 먹이를 찾아다니고 있는 것 같았다. 개들은 서로 어울려 장난을 치거나 앞서거니 뒤서거니 하며 거리를 활보했다. 그것들은 거리 생활에 익숙한 듯 사람들을 피하지도 않았다. 그렇다고 사람들에게 으르렁거리며 달려들지도 않았다.

남자애가 개들 사이로 다가갔다.

"조심해."

여자애가 등 뒤에 대고 소리를 질렀다. 남자애는 그 개들 중 한 마리를 쓰다듬었다. 뜻밖에 그 개는 순순히 몸을 맡기며 킁킁 냄새를 맡았다. 곧 다른 개들도 다가왔다. 남자애는 개들과 어울려 시장 바닥을 쫓아다녔다. 그걸 본 여자애는 웃었다.

"진짜 개판이네."

여자애는 혼자 중얼거렸다. 그러면서 개들 무리 속에 섞인 남자애를 유심히 살폈다. 남자애는 어느 세계에도 잘 녹아들었다.

"아무튼 이상한 애야."

여자애는 다시 중얼거렸다.

한참을 개들과 함께 놀던 남자애는 지쳤는지 여자애에게 다가왔다. 개들도 그 뒤를 따라왔다.

"야, 니 친구들 개새끼들이네."

여자애가 개들을 돌아보며 남자애를 놀렸다. 개들이 따라오다 말고 자기들끼리 어디론가 사라졌다.

"새끼들도 지 욕하는 건 듣기 싫어서."

여자애가 개들이 사라진 거리를 돌아보며 말했다.

부두에는 여기저기 저녁 산책을 나온 사람들이 보였다. 남자와 여자 들이 서로 허리를 팔로 감거나 손을 잡고 걷는 모습이 눈에 띄었다. 부두 한편에는 돗자리를 깔고 앉아 음식을 먹는 사람들도 보였다. 다른 쪽 구석에서는 술 냄새가 지독했다. 부두 인부들이 술판을 벌인 것 같았다. 그들 사이에서 거친 소리가 요란하게 쏟아졌다.

두 아이는 부두를 어슬렁거리다가 한쪽 구석에서 놀고 있던 사람들이 일어서는 것을 보았다. 그들은 놀던 자리를 그대로 두고 떠났다. 아이들은 사람들이 사라진 자리로 갔다. 먹다 만 음식이 놓여 있었다. 통닭과 김밥도 있었다. 여자애와 남자애는 그 음식들을 얼른 주워 먹었다. 그런 아이들을 개들이 지켜보고 있었다. 개들의 표정에는 불만이 가득 차 있었다.

어느새 부두의 밤은 깊어갔다. 밤이 깊어가면서 사람들의 발걸음도 뜸해졌다. 상가들은 하나둘 문을 닫고 적막감이 감돌았다. 바다 안개가 서서히 몰려들고 있었다.

"자러 가자."

여자애가 말했다. 그 말에 남자애는 아무 대답 없이 따라나섰다. 안개가 자욱하게 밀려오더니 두 아이를 덮쳤다. 지독한 안개였다. 두 아이는 눈 깜짝할 사이에 서로를 놓쳐버렸다.

"누나!"

"세명아!"

두 아이는 서로를 불렀다. 소리가 방향을 잃고 웅웅거렸다. 아이들은 소리에만 의존해 손으로 허공을 더듬었다. 소리는 사방으로 흩어져 방향을 가늠할 수 없었다. 두 아이는 당황했다. 자꾸만 멀어지는 것 같았다.

"세명아, 그 자리에 가만있어. 내가 갈게."

여자애의 말에 남자애가 우뚝 멈췄다. 떨리지는 않았다. 남자애는 여자애가 자기를 찾아낼 거라고 믿었다. 남자애는 여자애를 잡기 위해 손을 내민 채 기다렸다. 여자애 목소리는 가까워졌다 멀어졌다 했다.

마침내 여자애 손에 남자애 손이 잡혔다. 따뜻했다. 손목의 맥박이 빠르게 뛰고 있었다. 여자애가 남자애를 와락 끌어안았다.

두 아이는 장님처럼 안개 속을 더듬거리며 걸었다. 그사이 안개가 조금씩 걷히고 있었다. 희미하게 도시가 살아났다.

아이들은 부두의 건물들 사이를 돌아다니다가, 마침내 커다란 천막용 비닐 더미와 상자를 잔뜩 쌓아놓은 곳을 발견했다. 두 아이는 그 비닐들 틈새를 파고들었다. 사람들 눈에 띄지 않는 괜찮은 잠자리였다. 밖에서 보면 그저 천막과 상자 더미 같아 보였다. 조금 있자 천막 사이로 불빛이 희미하게 비쳐 들었다. 천막 안에서는 생선 비린내가 지독하게 났다.

두 아이는 천막 비닐들을 최대한 부풀려서 공간을 만들었다. 한결 여유롭고 편했다. 바람까지 막아주어 따뜻했다.

"누나 좋다, 그치?"

남자애가 만족한 듯이 말했다.

"그래, 이 정도면 호텔이지."

여자애가 맞장구를 쳤다. 그러나 더 이상 할 말이 없었다. 두 아이는 긴 침묵을 지켰다.

"누나, 나 누나한테 거짓말했어."

남자애가 말했다. 그 말에 여자애가 남자애를 쳐다봤다.

"내가 시험만 치면 100점 받는다는 거 순 뻥이야."

"알아."

"안다고? 어떻게 알아?"

여자애 말에 남자애가 놀라서 물었다.

"니 얼굴에 다 씌어 있잖아. 거짓말도 아무나 하는 줄 알아?"

여자애가 말했다.

"그럼 우리 새엄마가 집을 나간 것도 알아?"

그 말에 여자애가 놀라 다시 쳐다보았다.

"무슨 말이야? 언제?"

"내가 집 나오기 며칠 전. 나갈 때 날 붙잡고 엄청 울었어. 미안하다면서 말이야. 하지만 더 이상 견디며 살 수 없다고 했어. 난 꼼짝도 안 하고 그 여자가 집 나가는 걸 바라봤어. 내가 엄마라고 안 부르길 정말 잘했어. 결국 날 버릴 거잖아."

그 말을 하면서 남자애는 기어이 울었다. 여자애가 남자애 등을 끌어안아 제 어깨에 기댔다.

"이럴 땐 악을 쓰거나 욕이라도 해. 혼자 삼키지 말고."

여자애가 소리를 질렀다.

"절대로 욕은 안 할 거야. 아빠한테 처음 욕을 들었을 때 어땠는지 누난 몰라. 나더러 버러지 같은 새끼래. 죽고 싶었어. 그때 욕은 절대로 안 할 거라고 맹세했어."

남자애는 소리 내어 울었다. 오랫동안 억눌렸던 감정이 터진 듯 눈물이 줄줄 흘러내렸다. 여자애는 남자애 머리를 부드럽게 쓰다듬었다. 남자애의 울음소리가 조금씩 잦아들었다. 두 아이의 마음이 한순간에 텅 비었다. 여자애는 자꾸만 그 벽보 생각을 했다.

"누난 날 버리지 않을 거지?"

남자애가 잠꼬대처럼 말했다. 여자애는 아무 말도 하지 않았다.

남자애는 이내 잠이 들었다. 잠이 들자마자 꿈을 꾸었다. 꿈속에서 남자애는 누군가에게 끌려가고 있었다. 아빠였다. 남자애는 끌려가면서 여자애에게 소리를 질렀다. 끌려가지 않으려고 발버둥 쳤다.

남자애는 잠을 자면서 몸을 뒤척였다. 그러다가 잠이 깼다. 놀라서 보니 소파에 누워 있었다. 어리둥절한 채 일어나자 불빛이 쏟아졌다. 남자애 앞에는 험상궂게 생긴 경찰이 서 있었다.

"깼구나. 배고프지?"

뜻밖에 경찰이 다정하게 물었다.

"누나는요?"

"누나? 누나가 누군데?"

"우리 누나 말예요!"

"몰라. 너 혼자 있었는데."

그 말에 남자애는 벌떡 일어나더니 경찰서 밖으로 나가려고 했다. 경찰이 그런 남자애를 황급히 잡았다.

"안 돼. 아침에 보호자가 오실 거야. 연락했어. 그러니까 그때까지 우리와 함께 있어야 돼."

경찰이 험상궂게 쳐다보며 말했다.

"안 돼요. 누나를 찾아야 돼요."

남자애가 소란을 피웠다. 그때 밖에 나갔던 다른 경찰이 들어왔다.

"무슨 일이야?"

"애가 누나를 찾아야 한다고 야단입니다."

"누나? 그러면 신고한 애가 누나였나?"

"신고를 했다고요? 누가요?"

남자애가 놀라서 물었다. 그사이 파출소의 전화벨이 울렸다. 경찰이 전화를 받아 몇 마디 이야기하더니 남자애를 불렀다.

"얘, 전화 받아."

그 말에 당황한 남자애가 경찰을 쳐다보았다.

"받으라니까."

남자애는 주춤거리며 전화기로 다가갔다.

"빨리 안 받고 뭐해?"

전화기 너머로 여자애 목소리가 들렸다.

"누나!"

남자애는 기뻐서 소리를 질렀다. 참았던 울음이 터졌다.

"또 울어? 그쳐."

그 말에 남자애는 울음을 삼켰다.

"어디야?"

"어디면? 여행은 여기까지야. 집에 돌아가. 남은 여행은 이다음
에 다시 하자. 니 전화번호 내가 알고 있어. 그러니까 절대로 번
호 바꾸지 마. 알겠지? 생 까면 죽어."

여자애가 협박하듯이 말했다.

남자애는 여자애가 앞에 있는 듯이 고개를 주억거렸다.

"다시는 가출하지 마. 약속해."

여자애가 말했다.

"약속할게. 그런데 누난 어디야? 언제 올 거야?"

"못 가. 초콜릿 공장 지으러 가야 돼."

"나도 같이 데려가."

"안 돼. 넌 배를 타야 되잖아."

여자애 목소리는 단호했다.

"누나!"

남자애가 다급하게 소리를 질렀다. 전화가 끊어졌는지 뚜뚜뚜
하는 소리만 귀에 울렸다. 남자애는 그것도 모르고 전화기를 든
채 누나를 계속 불러댔다. 전화기에서는 더 이상 아무 소리도 들
리지 않았다.

남자애는 몸을 몹시 뒤척이고 있었다. 그런 남자애의 몸을 여

자애는 무릎 위에 반듯하게 눕혔다. 잠자리가 한결 편해졌는지 남자애는 숨을 고르게 쉬었다. 이따금 남자애의 얼굴이 고통스러운 듯이 일그러졌다.

"얘가 무슨 꿈을 꾸기에 이 난리야."

여자애는 남자애 얼굴을 쳐다보며 웃었다.

여자애는 잠이 오지 않았다. 지난 열흘간의 시간이 주마등처럼 스쳐 지나갔다. 여자애는 남자애가 깨지 않게 조심스럽게 주머니에 구겨 넣은 종이를 꺼내 펼쳤다. 그리고 그 종이를 한참 동안이나 들여다보았다. 그 손이 가늘게 떨리고 있었다.

"좋겠다."

여자애는 남의 말을 하듯이 중얼거렸다.

"잘 가라. 미안하다."

여자애는 남자애 얼굴을 쳐다보며 말했다. 그 소리에 남자애 얼굴이 환하게 웃었다.

"웃긴. 이제 이 짓도 그만둬야겠다."

여자애는 생각했다. 여자애 눈에 희미하게 가로등 불빛이 깜빡였다. 그 불빛에 외할머니 모습이 비쳤다.

여자애는 남자애가 잠이 든 것을 확인하고는 종이를 든 채 몰래 빠져나와 곧 공중전화로 다가갔다. 여자애 귀에 신호가 길게 울렸다. 옅은 안개 사이로 여자애의 등 뒤에 가로등 불빛이 쏟아지고 있었다. 멀리서 항구로 들어오는 뱃고동 소리가 아련히 들렸다.

몇 년 전이었습니다.

어느 겨울밤 12시가 넘은 시간에 한 선생님을 따라 가출한 학생을 찾아 나선 적이 있었습니다. 그날 관할 파출소에 들어서니 벽에 도종환 시인의 「흔들리며 피는 꽃」이라는 시가 붙어 있더군요. 그 시에서 이 이야기는 시작되었습니다.

그 후 이 이야기가 태어나기까지 몇 년이 걸렸습니다. 그사이 쓰고 생각하고 고치는 일을 수없이 되풀이했지요.

이 이야기를 쓰는 내내 주인공 신소미, 김세명과 함께 여행할 수 있어서 행복하면서도 안타까웠습니다. 너무나 많은 아이들이 부모나 기성세대의 무관심과 폭력으로 인해 고통받고 있는 현실을 새삼 느꼈기 때문입니다. 그래서 여행하는 동안 그 아이들의 눈으로 세상을 보고 생각하고 이야기하려고 애썼습니다. 그렇게 하니 평소 보던 세상과는 다른 모습이 보이기 시작하더군요. 그 세상을 담으려고 노력했습니다.

꽃은 다 비바람에 흔들리고 때로는 꺾이며 힘차고 아름답게 피어나지요. 아이에서 어른이 되는 것 역시 어찌 저절로 될까요. 때로는 힘들고 어둡고 때로는 지루한 시간을 수없이 흔들리면서도 꿋꿋하게 견뎌낼 때, 비로소 성숙한 어른이 되겠지요.

10대라는 깊고도 거친 강을 건너고 있는 세상의 모든 딸과 아들에게 박수를 보냅니다. 이 이야기가 상처 입은 이들에게 또 다른 상처가 아니라 작은 위로가 되기를 바랍니다. 소미와 세명이가 늘 곁에 있는 친구가 되었으면 좋겠습니다. 때로는 서로 다투고 또 때로는 서로 보듬어주며 꿋꿋하게 말입니다.

적지 않은 나이에 저 또한 소미와 세명이와 함께 작가로서의 새로운 여행을 시작하게 되었습니다. 도착점이 어디인지 모르겠으나 힘껏 나아가보겠습니다.

이야기를 쓰는 동안 10대의 강을 막 건넌 큰딸 준서와 10대의 끝머리에서 꿈을 위해 노력하고 있는 작은딸 서린에게 많은 마음의 빚을 졌습니다. 사랑한다는 어설픈 한마디 말로 그 빚을 덮어도 될지 모르겠습니다.

끝으로, 저와 두 아이의 여정에 함께해주신 문학과지성사와 박지현 씨를 비롯한 모든 분께 감사의 말씀을 드립니다. 고맙습니다.

2019년 봄에
이진준